KB155673

복동이 사라졌다

조정희 장편소설

복동이 사라졌다

초판 1쇄 인쇄일	2022년 1월 10일
초판 1쇄 발행일	2022년 1월 17일
지 은 이	조정희
펴 낸 이	최길주
펴 낸 곳	도서출판 BG북갤러리
등록일자	2003년 11월 5일(제318-2003-000130호)
주소	서울시 영등포구 국회대로72길 6, 405호(여의도동, 아크로폴리스)
전화	02)761-7005(代)
팩스	02)761-7995
홈페이지	http://www.bookgallery.co.kr
E-mail	cgjpower@hanmail.net

ⓒ 조정희, 2022

ISBN 978-89-6495-236-8 03810

조정희 장편소설

복동이 사라졌다

BiG 북갤러리

문복동과 김영감이 만나 일곱 자식을 두었다.

셋은 어려서 잃고 넷을 키워냈다.

장성한 자식 이름이 재신, 성신, 명신, 아신이다.

김재신이 안연옥을 만나 김한솔을 두었다.

김성신이 이미나를 만나 김이랑, 김사랑을 두었다.

김명신이 손강필을 만나 손은수를 두었다.

김아신은 배필을 만나지 않고 자식도 두지 않았다.

그리고 김한솔은 권민지를 만나 김찬빈을 얻었다.

프롤로그

가을 햇살이 맑다.

아침나절 찬 기운이 따가운 볕 속에 힘을 잃는다.

담장과 집채에 둘러싸인 텃밭엔 바람 한 점 없다.

온갖 밭작물이 어깨를 펴고 햇살을 맞이한다.

그런데 이상하다.

넓은 배춧잎이 흔들리고 있다.

자세히 보니 소복하게 모인 가느다란 부추도 떨고 있다.

적막한 마당.

아무 소리도 없다.

새들조차 조용하다. 아침마다 나무를 옮겨 다니며 재재거리던 새는 모두 어디로 가버렸는가. 물이 들어가는 대추나무, 커다란 잎을 달고 있는 무화과나무도 장승처럼 서 있다. 아기 숨결 같은 바람에도 몸을 흔들던 죽단화 가지조차 그림처럼 꼼짝하지 않는다.

움직임이라곤 텃밭 작물의 떨림 뿐.

마치 누군가 휘적거리고 다니는 것처럼 밭작물이 흔들린다.

배추 포기 사이에 놓인 호미 한 자루.

사람이 다녀간 흔적이다.

호미 주인은 어디에 있는 걸까.

갑자기 요란한 개 짖는 소리가 적막을 깬다.

차례

프롤로그 · 6

우중 산책 · 11

고향 집 · 24

시간이 흩어진 자리 · 40

봄날은 가고 · 50

밤 소나기 · 62

아무도 모른다 · 79

엄마, 어디 계세요 · 100

헌 집 줄게 새집 다오 · 121

그곳에 없다 · 148

중양절 • 168

할머니가 사라졌다 • 184

성주괴공(成住壞空) • 198

마당 넓은 집 • 247

에필로그 • 252

우중 산책

빗소리는 깊은 잠을 부르는 자장가였다.

얼마 전까지만 해도 그랬다. 하지만 지금은…….

어둠이 내리자 빗줄기가 더욱 거세어졌다.

해가 넘어가기 직전에 가늘게 떨어지기 시작했던 비였다.

우산도 준비하지 않았지만 이미 비를 피하는 행위는 무의미하다. 남자는 사방 천지를 덮은 비에 온몸을 맡긴 채 묵묵히 걸었다. 캄캄한 길을 어디로 가는지 발걸음은 알고 있는 듯했다. 남자의 영혼은 이미 육체를 떠났는지도 모르겠다. 이번 생에 타고난 몸을 벗기로 한 순간, 가슴으로부터 긴 숨이 터져 나왔고, 그때 빠져나갔음이 틀림없다. 고

뇌에 찬 낮과 밤을 생각하면, 지금이 차라리 너무 가볍다. 죽는 것이 사는 것보다 가벼워질 줄 알았다면 그렇게 힘들지 말걸. 분한 마음마저 들었다.

산길은 어두웠고 빗소리만 가득했다.

형체도 분간되지 않는, 아무것도 보이지 않는 길을 거침없이 올랐다. 수도 없이 오르던 길이었지만 이처럼 거침없던 적이 있었던가. 훤히 보이는 길도 한 발 한 발 조심하며 올랐다. 남자는 그렇게 신중한 사람이었다. 행여 개미라도 밟을세라 살피는 걸음으로 등산을 했고 인생도 그렇게 살았다. 하지만, 지금까지 걸음이 오늘을 위한 연습이었던 것처럼 산길은 쉬웠다. 호흡도 가쁘지 않았고 더듬거리지도 않았다. 남자는 심장이 없는 사람처럼 무심하게, 온몸이 더듬이가 된 듯 거침없이 산마루에 올라섰다.

도시 불빛이 내려다보이는 전망대.

남자가 좋아하던 자리. 앉아서 물을 마시던 벤치가 난간 바로 앞에 있을 터였다. 난간을 향해 몇 걸음 나아가자 벤치가 무릎에 닿았다.

젖은 벤치에 그대로 앉았다.

날이 밝을 때까지 비는 그치지 않았다.

전망대가 훤한 하늘 아래 드러났다.

빈 벤치에 빗줄기가 하염없이 떨어졌다.

그곳엔 아무도 없었다.

1.

햇살이 가득한 텃밭.

밤이슬이 빛을 반짝이며 말라가고 있다.

배추와 무가 줄지어 자라고 파도 싱싱하다. 무성한 이파리 아래 숨어 수확을 기다리는 고구마와 땅콩이 한 이랑씩, 쑥갓, 상추, 근대가 사이좋게 같은 이랑을 차지했다. 밭 가장자리엔 부추가 소복하고 담장 아래엔 키 큰 토란이, 둔덕엔 호박이 펑퍼짐하게 늙는 중이다. 검자줏빛 가지도 아직 달걀모양으로 자라 나오고 고추도 조롱조롱 매달려있다. 꽤나 넓은 밭에 잡초라곤 찾아볼 수 없다. 먹을거리 외엔 아무것도 발붙일 수 없는 밭이다. 부지런한 손길이 하루도 거르지 않은 티가 역력하다. 밭에는 하룻밤 자고 나면 보이지 않던 풀이 올라와 있다. 하지만 땅을 뚫고 올라와 봐야 겨우 그날뿐이다. 복동의 재빠른 손이 지나가면 풀뿌리는 몽땅 하늘을 향해 뒤집히고 만다.

그런데 오늘 텃밭에 아직 복동이 없다.

참 별일이다. 여태 없던 일이다.

활짝 열린 대청마루 끝에 햇빛이 걸려 있다.

차가운 바람이 햇살을 쓸며 마루 안으로 밀려들어 온다. 햇살이 단단해도 아침나절엔 한기가 들 정도로 날이 차다. 복동은 마루에 걸터앉아 있다. 새벽부터 부지런히 움직일 땐 몰랐다. 바삐 밭으로 마당으로 돌아다니면 이마에 땀이 돋았다. 그러는 동안은 아직 여름이었다. 하지만 계절을 언제까지나 속일 순 없다. 결국 가을이 왔다. 복동은 두 팔로 자신의 몸을 안고 있다. 겉옷을 하나 더 입어야 하는데 움직이지 않는다. 차라리 추운 것이 낫다, 그런 생각을 하고 있는지도 모르겠다. 반갑지 않은 느낌에 휩싸이는 것을 피하고 싶은 마음이다. 찬바람에 떨고 있으면 밀려오는 생각이 달아나기라도 한단 말인가.

복동은 무엇으로부터 자신을 지키고 싶은 것일까.

***

명신이 이른 아침을 먹고 나갔다.

너나없이 자식 일이라면 다리를 걷고 나서게 된다. 하나뿐인 자식이라 더할지도 모르겠다. 아침잠 많은 명신도 어미였다. 은수가 이사하는 걸 도우러 간다며 새벽부터 설쳤다. 명신은 딸을 아주 자랑스러워하면서도 만나고 오면 불평이 많다. 복동을 대할 땐 그럴 수 없이 연한 손녀인데 명신한텐 그렇지 않다. 은수가 왜 그렇게 되었는지 명신만 모르는 것이 신기하다. 본래 부모가 자식을 더 모른다고도 한다. 복동도 명신을 얼마나 알고 있을까. 자식이지만 어떤 땐 처음 보는 사람만큼 낯설다. 도대체 무슨 생각으로 사는지 속을 알 수 없을 때가 많다. 그러니 명신이 제 속으로 낳은 딸을 모르는 것도 이상할 것이 없다. 그렇게 덮어두는 것이다. 그래도 복동은 마음이 좋지 않다. 모녀간에 그렇게 안 맞으니 사는 것이 편할 리가 없다. 자식을 쳐다보며 사랑을 못 얻어 안달하는 명신도 불쌍하고 그런 어미를 너그럽게 안지 못하는 은수도 안됐다. 이런저런 걱정 끝에 드는 생각은 늘 같다.

너무 오래 살았다.

대문 밖까지 나가 명신을 배웅하고 마당으로 들어섰다.

든 자리는 몰라도 난 자리는 안다는데, 옛말이 틀리기도 하는 모양이다. 마당이 오히려 꽉 차 보인다. 명신이 고향에 내려온 지 일 년이 되어간다. 그리고 처음으로 이른 아침에 집을 비웠다. 마당으로 들어서면서 그 사실을 깨달았다. 여러 해 홀로 맞이하던 아침 마당이 새삼스러웠다. 동네에선 딸이 같이 있으니 좋겠다고 했다. 복동도 그렇다고 대답했다. 하지만 혼자 들어선 마당이 주는 이런 홀가분함은 무엇인가. 귀한 것을 오롯이 차지한 기분이라 해야 할지.

마당을 서성거렸다.

빛이 바래가는 죽단화 이파리 사이에 때늦게 핀 노란 꽃 한 송이. 그 앞에 걸음을 멈춘다. 햇빛이 모자라는지 꽃송이도 작다. 시들어가는 잎 속에 홀로 피어난 꽃이 불안해 보인다.

때를 잘 맞추지. 친구도 없이.

꽃을 들여다보며 혀를 찬다. 발걸음을 옮긴다. 마당엔 밤새 떨어진 무화과 열매가 한둘이 아니다. 모르고 밟으면 신발도 버리고 쓸기도 힘이 든다. 벌써 개미가 바글바글 모였다. 영감 있을 땐 잘 익은 건 골라 주워 놓았다. 영감이 좋아했다. 지금은 그냥 밭에 묻어버린다. 복동은 무화과를 먹지 않는다. 영감이 살아 있을 땐 같이 맛이라도 보았지만.

대문간에 기대어 선 비를 가져와 마당을 쓴다. 대추도 눈에 띈다. 나무에 매달린 채 말라버린 붉은 대추, 아직 붉고 푸른 얼룩덜룩한 대추. 옛날 어른들은 대추를 보고도 먹지 않으면 늙는다고 했다. 그래도 먹을 마음은 나지 않는다. 대추를 하나 주워들고 나무를 올려다보았다. 모르는 새 잎이 많이 떨어져 버렸다. 허전해진 가지에 불긋불긋한 대추가 아직도 제법 달려 있다. 너무 높아 따지 못한 높은 가지다. 비를 마당에 던져두고 쪼그려 앉아 대추를 줍는다. 흩어져 있을 땐 가소로워도 모아보면 많다. 한주먹에 다 담을 수 없을 정도다. 일어나 처마 아래 평상에 대추를 올려놓는다. 조금 열려있는 대청마루 문이 눈에 들어온다.

문을 활짝 열어젖히고 대청마루 끝에 걸터앉았다.

이른 아침에 이렇게 마음 놓고 마루 문을 열지 못했다.

명신은 아침잠이 많았다. 학교 다닐 때도 아침잠이 많아 깨우느라 애를 먹었다. 나이가 들면 잠이 준다는데 명신은 그렇지도 않았다. 은수를 낳아 키울 땐 어떻게 했을까 궁금하긴 했지만 물어보지 않았다. 그냥 어미 집이 편해서 그런 모양이다, 하고 말았다. 이미 예전에 먹이고 입히며 키우던 딸이 될 수는 없었다. 같이 산 세월보다 더 오래 다른 집에서 다른 삶을 살았다. 변하기도 했을 것이고 알지 못했던 점도 있을 터였다. 키울 땐 버릇을 가르친다며 나무랐지만 이젠 그러지도 못한다. 명신도 손자를 볼 나이다.

세상도, 누구도, 원하는 대로 바꿀 수 없다. 살아보면 사무치게 알게 된다. 할 수 있는 것이라곤, 내 마음을 바꾸어먹고 내 몸으로 해보는 것. 물론 그것도 마음대로 안 된다. 내 몸과 마음도 어찌할 수 없는데 하물며 남의 마음과 몸을 두고 무엇을 할 수 있을까. 나이 들어가면 불면으로 고생인 사람이 많은데, 명신은 복인지도 모르겠다.

명신이 오고 난 뒤로 복동 일상에 변화가 있었다.

해만 뜨면 일어나는 복동은, 머리를 매만지곤 바로 밖으로 나갔다.

텃밭을 돌보고 마당을 쓸고 시장까지 다녀와도 명신은 한밤중. 일찍 일어나는 복동은 이미 배가 고플 시간이었다. 명신이 온 이후로 아침이 늦어졌지만 그래도 너무 이르다고 투덜거렸다. 그 소리가 듣기 싫었다. 자식이라도 불평하는 소리는 듣기 좋지 않다. 되도록 안 들으려고 조심하게 되었다. 조용히 나가서 될 수 있으면 마당에서 오랜 시간을 보내고 주방에 들어갔다.

호젓한 시간이었다.

그러나 그렇게 앉아 있지 말아야 했다.

바람이 찼다. 겉옷이라도 찾아 입어야 했지만 그러지 못했다. 거역할 수 없는 어떤 감정이 복동을 붙들었고 몸은 그 자리에 얼어붙었다.

성신이 떠난 날 아침, 복동은 그 자리에 앉아 있었다.

무뎌지지도 잊히지도 않는 그날의 감각.

복동이 영문 모를 불안에 휩싸여 있던 그 시간에 아들의 마음은 이미 이승을 떠났던 것이다. 어쩌면 붙잡을 수도 있었는데, 그런 마음이 들면 온전한 정신으로 살 수가 없었다. 후회가 가슴을 친다는 말은 딱 그대로였다. 성신은 세상을 떠나기 전날 복동을 찾았다. 하룻밤을 자고 아침에 집을 떠났다. 그날 아침이 떠오르면 몽둥이가 그대로 가슴을 후려쳤다. 마음이 아니라 정말 몸이 아팠다. 눈물이 아니라, 헉, 하는 소리만 새어 나왔다. 세상을 떠난 영감이 부러웠다. 죽지 못해 산다는 말을 뼈저리게 실감하며 산 세월이었다. 복동은 그날 이후 성신이란 이름을 입 밖으로 꺼내지 않았다. 명신이 한 번은 그런 말을 했다.

"엄마 참 독해. 어떻게 성신 오빠 이야길 한 번도 안 하지?"

들은 척도 하지 않았다. 들으면 안 되는 이름이었다. 눈물이 피가 되어 안으로 흘렀다. 눈물을 보이기 싫었다. 눈물을 보이고 무너지는 게 두려웠다. 자신이 어딘가로 휩쓸려 가버릴 것 같았다. 한목숨 끊어지는 건 두렵지 않지만 남은 자식들한테 두 번이나 겪게 할 수는 없었다. 영감이 떠난 건 어쩔 수 없다. 차라리 잘 떠났다. 성신이 떠오를 때마다 고개를 끄덕였다. 영감이라도 편해져서 다행이라고. 그런 마음을 자식들한테 말로 할 순 없었다. 들키고 싶지 않았다.

***

성신은 다 늦은 저녁에 기별도 없이 왔다.

"어머니랑 하룻밤 자고 가려고요."

마당으로 들어서며 그렇게 말했다. 어디선가 귀뚜라미가 울었다. 엉뚱하게 그 소리가 쓸쓸했다. 지나고 보니 성신의 얼굴이 쓸쓸했던 것 같았다. 대청마루 불빛 아래 서서 웃는데 가슴이 서늘했다. 원래 웃음도 말소리도 호들갑스럽지 않은 자식이지만 그날은 유달리 가라앉아 보였다. 그래도 나쁜 생각은 하지 않았다.

그저 한세상 살아가다 보면 흔히 있는 걱정이겠지,

쉬고 싶어 오지 않았겠는가,

모른 척하는 것이 도우는 거려니, 하는 짐작으로 끝냈다.

저녁을 먹었다 해서 냉동해 둔 옥수수를 꺼내 쪘다. 자루가 큰 옥수수 하나를 다 먹었다. 한참 앉아서 이런저런 이야기를 했다. 영감은 듣고만 있었다. 늘 그랬다. 일부러 말을 걸지 않으면 끼어들지 않았다. 그래도 얼마나 야무지게 듣는지 모른다. 자식들과 한 이야기를 복동은 잊어버려도 영감은 낱낱이 기억하고 있었다. 생각이 나지 않을 땐 영감한테 물어보면 확실했다. 영감은 같이 앉아 듣는 것으로 낙을 삼았는지도 모르겠다. 복동은 그날 한 이야기를 하나도 기억하지 못한다. 그리고 끝내 듣지도 못했다. 영감이 그날 이후로 입을 닫아버렸고 복동도 성신이란 이름을 다시는 꺼내지 않았기 때문이다.

굳이 같이 자겠다 해서 안방에 이부자리를 하나 더 깔았다. 영감은 건넌방으로 갔다. 모자간에 이야기 더 하라면서. 하지만 곧바로 불을 끄고 누웠다. 성신이 피곤해 보여 일찍 재우고 싶었다. 밤새 뒤척이는 소리가 났다. 모르는 척 같이 밤을 새웠다.

아침을 차려주고 복동은 먹는 둥 마는 둥 했다. 성신은 밥 한 그릇을 북엇국에 말아 다 먹었다. 김치와 나물이 맛있다고 하면서도 거의 손대지 않았다. 밥을 먹고 일어서는데 손을 잡아 도로 앉히고 싶은 걸 겨우 참았다. 왜 그런 충동이 일었는지 나중에야, 그랬구나, 싶었지만 늦었다. 평생 참는 걸 덕으로 알고 살았다. 하지만 그날은 마음 가는 대로 했어야 했다.

영감은 대문 앞에서 배웅을 하고 복동은 주차해놓은 곳까지 같이 갔다.

"어머니."

자동차 문을 열어놓은 채 돌아서서 복동을 불렀다.

"그래."

"건강하셔야 합니다."

"내 걱정은 하지 마라."

성신은 웃으며 차에 탔다. 시동 걸리는 소리가 천둥 같았다. 가슴이 두근댔지만, 복동도 웃으며 손을 흔들었다. 차 꽁무니가 길을 돌아 보이지 않을 때까지 서 있었다. 대문으로 들어서는데 대청마루 유리문에 비친 햇살이 눈을 찔렀다. 마루 끝에 걸터앉았다. 아침 기온이 제법 서늘했다. 몸이 떨렸다. 어쩌면 마음이 더 떨렸던지도 모르겠다. 성신은 그날 밤에 죽었다.

억울한 죽음이었다.

나중에 누명은 벗었지만, 목숨은 돌이킬 수 없었다. 바보였다. 세상에 목숨보다 중한 것이 없다는 것도 모르는 바보였다. 명예니 뭐니 하는 것은 말하기 좋아하는 자들이 만들어낸 뜬구름 같은 것이다. 그 또한 살아 있을 때나 가치가 매겨지는 것을. 죽고 나서 지킬 명예 따위는 이 세상에 없다. 무슨 명예를 지키자고 부모도, 마누라도, 자식도 버리고 간다는 말인가. 설사 사람을 죽였다 해도 버릴 수 없는 것이 자식이다. 어미한테라도 말을 했어야지. 그랬으면 막을 수 있었을까. 아니다. 성신은 말을 했다. 복동이 알아채지 못했을 뿐이다. 영감이라면 알아들었을까.

"부끄러운 짓은 하지 않았어요."

불을 끄고 누웠는데, 밑도 끝도 없이 그렇게 말했다. 그런데 아무것도 묻지 않았다. 무서웠는지 모른다. 가슴 깊은 곳에서 피어오르는 불안을 모른 척하고 싶었던지도. 핑계는 그랬다. 물어보면 괜한 말이 길어질 수 있다. 무슨 일인지 몰라도 아침에 일어나 물어도 늦지 않다. 우선 잠을 푹 재워야 한다.

그렇게 어리석었다.

불안을 꼭꼭 묻어두고 턱도 없는 대답만 했다.

오냐, 라고.

"오냐."

마당을 향해 앉아 있던 복동이 대답했다. 하지만 느끼지 못한다. 자신이 소리 내어 대답했다는 것을. 아무도 없는 마당이 대꾸를 할 리 없건만 몇 번이나 같은 대답을 한다.

오냐, 오냐.

고향 집

얼마만인가.

문복동과 김영감 자식들이 고향 집에 모였다. 그래도 강산이 변할 만큼은 아닌 세월이라 다행이다 해야 할지. 부부는 세상을 달리하고서야 자식들을 한 자리에 앉힌 셈이다.

영감은 김영감의 이름이다. 이영감, 박영감 같이 일반적으로 쓰이는 명사가 아니라 고유한 명사다. 영감 생각엔 그다지 특이할 것도 없는 이름인데 늘 특별한 반응을 불러일으킨다. 아마 영감은 기억이 미칠 적부터 들어왔기 때문에 익숙해서 그럴 것이다. 하여튼 모르는 사람한테 소개를 할 때면 반드시 설명을 붙여야 하는 번거로움이 있었다. "진짜 이름이 영감입니다."라고. 언젠가부터 궁금해졌다. 이런 이름을 지어 준 아버지의 마음이. 하지만 확인할 길이 없었다. 아버지의 마음이 궁금해졌을 땐 이미 돌아가신 뒤였다. 자식은 꼭 뒤늦게야 부모 마음을 알고 싶어 하는 벌칙을 타고 나는 모양이다. 그래서 지금 모여 있는 영감의 자식들도 벌칙을 수행 중인 지도 모르겠다. 모두 이제야 모여 부모 마음을 알아보겠다고 머리를 굴리고 있다. 생전의 김영감처럼. 그리고 죽은 영감도 반성하고 있다. 말을 아끼지 말았어야 했다고. 아무리 가까운 사이라도, 아니 가까운 사이일수록 표현을 많이 해야 했다고. 그저 바라보기만 해도 좋아서 멀찍이 앉아 보기만 했다. 가장은, 아니 남자는, 자고로 그래야 한다는 생각도 한몫했다. 복동이 자식들과 웃고 떠드는 것을 지켜보는 것으로 만족했다. 사실, 같이 섞이고 싶을 때도 있었고 소외된 듯 외로웠다는 것을 지금에야 고백한다.

하여튼 영감은 어릴 때부터 영감이었고, 장가를 든 후엔 이름이 그런대로 격에 맞았다. 그리고 나이가 들수록 '영감'은 아주 자연스러운 호칭이 되었다.

지어진 내력을 알 길 없는 이름 때문에 사설이 길었다.

김재신, 김성신, 김명신, 김아신.
금쪽같은 사 남매가 고향 집을 찾았건만 반길 부모가 이젠 없다.

하지만 삼 남매는 아직 모른다. 어머니 복동의 행방을 찾기 위해 모였을 뿐이다. 사 남매가 아니라 삼 남매라고? 잘못 쓴 것이 아니다. 지금 고향 집에 사 남매가 모여 앉아 있지만, 그 사실을 알고 있는 사람은 성신뿐이다. 삼 남매 눈에는 성신이 보이지 않는다. 당연하다. 성신은 이 세상 사람이 아니기 때문이다. 죽은 자가 보인다면 도리어 큰일이다.

아버지 김영감도 돌아가셨다. 그 후로 고향 집엔 복동 홀로 남았고 아흔이 되도록 살았다. 햇수로 십 년에 가까운 세월이다. 쓸쓸하다면 쓸쓸하고 인생이 뭐 별거냐 한다면 그리 한탄할 생은 아니다 싶기도 하다. 하지만 돌아보는 삶은 대개 쓸쓸한 법이다. 자신의 부모 삶이라면 더구나. 그러니 문복동과 김영감 자식들이 그들 부모를 쓸쓸히 떠올린다 해도 유난하다며 나무라긴 어렵다.

지구촌 전체가 오롯이 평화로웠던 적이 있었을까. 어느 곳은 늘 전쟁이다. 정말 전쟁터도 있고 굶주림으로 전쟁 같은 삶을 살고 있는 곳도 많다. 그런 곳에선 복동의 삶이 부러울지도 모르겠다. 아흔까지 산다는 자체가 기적으로 보일지도.

멀리서 보면 이렇게 선명하다. 하지만 사람의 시각이 늘 그렇게 넓게 열려있진 않다. 눈은 밖을 향해 있지만, 생각은 좁게 갇혀있기 일쑤다. 그것이 몸을 가지고 살아가는 인간의 한계일 수도 있겠다. 기껏 인식을 넓혔더라도 자주 보는, 가까운 사람한테는 또 답답하게 묶이고 만다. 그래서 부모는 자식한테, 자식은 또 그 자식에 눈이 먼다. 좀 더 기를 쓰고 노력해야 부모가 돌아 보이는 정도다. 어쩌면 부모를 돌아보는 것만으로 칭찬을 해주어야 하는지도 모른다.

복동이 사라졌다.

아무한테도 알리지 않고 집을 나간 것이다. 물론 집을 나갔다는 표현은 정확하지 않을지도 모르겠다. 집안에 보이지 않으니 집을 나갔다고 믿을 뿐이다. 삼 남매는 서로 전화로 소식을 묻다가 사흘 만에 고향 집에 모였다. 사흘이란 시간이 너무 길다고 느끼는 사람들한테 삼 남매는 욕먹을 각오를 해야 한다. 자식이 사라지고 사흘 만에 찾을 부모는 없을 테니 말이다. 욕을 하고 싶은 사람 심정이 부모 쪽인지 자식 쪽인지 모르겠지만. 그래도 아흔 노인이 사라진 지 사흘째라면 너무하다 싶기도 하다. 하지만 당사자가 아니라면 함부로 장담할 수도 없는 것이 인생이다. 어떤 생이든, 자세히 들여다보면 저마다 자신에겐 벅찬 사연이 있는 법이다. 그리고 삶의 고통을 객관적인 수치로 잴 수도 없거니와 받아들이는 강도도 제각각이다. 그러니 이제 들여다보기 시작한 삼 남매의 삶을 앞에 두고 미리 욕부터 하는 일은 삼가자.

2.

이상했다.

저녁 끼니때에 복동이 집을 비운 적이 있었던가.

다시 초인종을 눌렀다. 그래도 기척이 없어 문을 두드렸다. 철문 울리는 소리가 조용한 골목에 울려 퍼진다. 대문 안에서 똘이가 문을 긁으며 낑낑댄다. 잠이 들거나 외출한 것이 아니라면 이럴 리가 없었다. 하지만 둘 다 자신조차 설득할 수 없는 예측일 뿐이다. 초인종이 울리고 대문 두드리는 소리가 나고 똘이가 짖는 데도 복동이 자고 있다? 있을 수 없었다. 한밤중이라도 그럴 수는 없다. 더구나 저녁때가 되어 외출했다는 것도. 해가 지면 나갔던 사람도 들어와야 한다고, 어릴 때부터 귀에 못이 박이도록 들었다. 그리고 복동은 평생을 그렇게 살았다.

사실, 푸른색 대문 앞에 섰을 때 이미 낌새가 달랐다. 초인종을 누르기 전부터 이상했다. 무언지 모를 낯선 느낌에 불안해하며 벨을 눌렀다. 대문 안에서 낑낑대는 똘이가 불안을 가중시켰다. 똘이가 그런 소리를 내기 전에 대문이 열려야 했다. 초인종을 누를 필요도 없어야 했다. 명신이 골목으로 걸어 들어오는 동안 복동도 마당으로 나와야 했다. 이름처럼 똑똑한 똘이가 집으로 오는 손님을 기차게 알아채곤 먼저 짖기 때문이었다. 그래서 대문 앞에 설 때면 문이 알아서 열렸다.

불안한 생각이 밀려들었다. 하지만 생각을 따라가지 않았다. 명신은 생각하고 싶지 않았다. 남들이 생각이 없다고 하지만 없는 채로 살고 싶었다. 피어오르는 걱정의 연기를 외면하고 가방을 뒤져 열쇠를 찾았다. 다행히 열쇠는 가방 안 작은 포켓에 얌전히 들어있었다. 고향 집에 내려와 살게 되었을 때, 동생, 아신이 복사해서 준 것이다. 아신은 고향 집에 자주 드나들었다. 그리고 대문 열쇠를 가지고 있었다. 혹시 모르니 하나 넣어두라 했다. 받아놓긴 했지만 쓸 일이 없었다. 나갔다 들어올 때는 초인종을 눌렀고 그럴 필요조차 없을 때가 더 많았다. 똘이와 복동이 있는 집에선 그랬다. 그래서 열쇠가 있다는 사실마저 잊어먹고 있었다.

해가 진 마당은 골목보다 더 어두웠다.

"엄마!"

마당에 선 채 불러보았다. 너무 조용해서 자신의 목소리가 기이하게 울렸다. 복동은 집에 없었다. 해가 졌는데 집에 불빛이 하나도 없다는 것이 증거였다. 마루 문은 열려있고 정적만 가득했다. 사람이 있는 집이 아니었다. 아무도 없는 줄 알면서도 소리 내어 부른 이유는 정적이 싫었기 때문이다. 명신은 조용한 것이 무서웠다. 조용하면 어떤 생각이 머릿속을 찾아들었고 그것이 싫었다. 생각은 언제나 피하고 싶은 불청객이었다. 생각을 하면, 자신이 잘못 살고 있는 것 같고, 고쳐야 할 것 같고, 애써 무엇을 해야 할 것 같았다. 그런 생각이 떠오르는 자체가 두렵고 싫었다.

텃밭에도 복동은 없었다.

명신보다 앞서 텃밭으로 뛰어간 똘이가 호미 곁에 서서 명신을 쳐다보았다. 호미는 밭 가운데 놓여 있었다. 호미를 밭에 두고 간 걸 보니 어딜 급하게 나갔나 보다. 잠깐이면 된다고 생각하며 외출한 게 분명했다. 복동은 물건을 아무렇게나 놓아두지 않는다. 호미가 있을 자리는 처마 밑이다. 거기에 복동이 밭일을 할 때 깔고 앉는 스티로폼도 있고 목장갑도 있다. 그런데 스티로폼과 장갑은 처마 밑 제자리에 있다. 그럴 수도 있지. 호미만 깜빡했을 수도.

"똘아, 할머니 어디 가셨니?"

똘이는 엉덩이가 흔들리도록 꼬리만 흔들었다. 어두워지는 마당을 돌아와 대청마루로 올라섰다. 이상하게 자꾸 뒤가 당겼다. 몇 번이나 마당을 돌아보았다. 똘이가 마당에 서서 명신을 쳐다볼 뿐, 빈 마당은 마냥 고요했다.

***

겨우 이틀 밤을 자고 내려왔다.

자식이 둘만 되었어도 다시는 돌아보지 않을 것 같았다. 아무리 배 아파 낳은 자식이라도 섭섭하게 하면 섭섭하다. 부모도 인간인 것이다. 싹싹한 딸은 바라지도 않았다. 바쁜 것도 알겠고 피곤한 것도 이해하겠다. 하지만 엄마가 무슨 장롱도 아니고, 놀아달라는 것도 아닌데, 눈길까지 아끼는 것은 무슨 심보인지. 지나가는 개한테도 그런 눈길은 안 주겠다. 개만도 못한 대접을 받으려고 새벽밥을 먹고 기어코 올라갔단 말인가. 생각할수록 신세만 처량했다.

오지 말란다고 엄마가 되어 모른 척할 수는 없었다.

혼자 사는 딸이 이사를 한다는데, 그 소식도 다른 사람을 통해 들었다. 명신한테는 일언반구 의논조차 없었지만 섭섭한 마음을 감추고 전화를 했다. 먼저 알리지 않았던 사실도 따지지 않았다. 다 접어두고 이사하는 날 가보겠다고 했다. 보안이 잘 되어 있는 집인지, 청소도 거들고, 정리하는 것도 도와주겠다. 구구절절 이유를 대면서 간다고 하는데 한마디로 거절했다.

'필요 없다.'고.

어느 정도 예상한 답이기도 했다. 무시하고 기어이 올라갔다. 도대체 누굴 닮았는지 모르겠다고, 고집 센 딸을 욕하면서, 명신도 고집대로 올라갔다.

올라갈 때까지만 해도 좋았다.

먼저 살았던 원룸보다 나은 데로 옮긴다 해서 기대했다. 덕분에 내키는 대로 머물며 서울 공기를 즐기고 싶었다. 명신에게 서울은 고향보다 더 고향 같은 곳이다. 고향보다 오래 살았고 대도시가 체질이었다. 살 집이 있으면 당장이라도 옮겨오고 싶은 곳이다. 차마 드러낼 순 없었지만, 희망을 품고 있었는지도 모른다. 은수와 함께 살 수 있지 않을까 하는. 소망하는 대로 믿어버리는 명신이라면 충분히 그럴 수 있었다. 상상 속에선, 무지개 뜬 초록 들판이 아름답기만 했다. 한 발 들어서는 순간 소똥을 밟게 될지도 모르고 말이다.

이사한 집으로 들어서는 순간 무지개는 사라졌다. 다행이라면 그나마 아직 들판은 초록으로 멋지게 남아 있었다는 것. 좁긴 했지만, 신축이라 깨끗했고 창으로 햇빛이 잘 들었다. 그 전에 살던 집은 한낮에도 불을 켜야 했다. 창이 있었지만, 창밖이 바로 앞집 벽이었다. 아쉬운 대로 환기는 할 수 있지만, 밤낮으로 굴처럼 컴컴했다. 은수는 답답하고 우울해서 들어가기 싫다고 했다. 될 수 있으면 밖에서 일을 보고 잠만 자러 들어가는 집이 되고 말았다. 햇빛이 가득한 새집은 거기에 비하면 푸른 초원이었다.

저 푸른 초원 위에 / 그림 같은 집을 짓고,

사랑하는 우리 님과 / 한 백 년 살고 싶네.

참 직설적인 노래 가사다. 얼마나 강렬하게 뇌리에 박혔는지 잔디 비슷한 것만 연상되어도 자신도 모르게 흥얼거리게 된다. 명신은 속으로 노래를 부르며 기대를 품었다. 사랑하는 님도 아니고, 한 백 년까진 아니더라도, 며칠은 괜찮지 않을까?

하지만, 원룸을 가득 채운 큰 침대.

햇살이 가득한 초원을 침대가 독차지하고 있는 모양새였다. 침대만 보면 안락한 안식처가 되고도 남았지만 남은 공간이 거의 없는 것이 흠이었다.

"왜 이렇게 큰 침대를?"

"내 소원이었어. 잠잘 때만은 활개 펴고 싶었다고."

은수는 무 자르듯 말을 잘랐다. 더 이상 아무것도 묻지 말라는 듯.

***

은수는 일부러 명신을 쳐다보지 않았다.

길게 설명하고 싶지 않아서였다. 아니 명신 생각을 듣고 싶지 않았다. 어차피 실현 가능성 제로인 망상 수준이거나 한탄일 게 뻔했다. 대화가 이어지는 게 싫었다. 길어질수록 짜증 지수만 올라간다. 은수도 막돼먹은 자식은 되고 싶지 않았다. 못된 말이 나가는 걸 막으려면 아예 대화를 하지 않는 게 상책이었다. 현재로선 그 방법밖에 남아 있는 것이 없었다. 모르는 사람들은 은수를 나무랄지도 모르겠다. 어머니에 대한 평가가 왜 그리 인색하냐고. 알고 있다. 솔직히 말하면 인색한 정도가 아니고 신뢰감이 전혀 없다. 자식이 부모를 믿지 않는 지경에 이른 것이다. 하지만 이런 불신이 하루아침에 생겼을까.

은수도 명신이 우주인 시절이 있었다. 그 울타리가 만들어 준 세상이 전부였고, 의심 없이 따랐다. 그런 믿음이 하루아침에 생긴 것이 아니었으니, 믿음이 흔들렸을 땐 자신을 의심했다. 처음엔 몹시 당황했고 울타리를 포기하기가 쉽지 않았다. 사실, 이미 법적으로 성인이었으니, 그동안 감사했습니다, 라며 독립을 해도 될 나이였다. 하지만 정서적으론 여전히 어린아이였다는 것을 당시엔 깨닫지 못했다. 그래서 계속 보호받지 못하는 데 대한 원망을 키워나갔던지도 모르겠다.

잃어버린 뒤에야 더 절실해졌던 울타리. 명신은 은수가 간절히 원할 때, 필요한 도움을 전혀 주지 못했다. 대학을 졸업할 때까지 아르바이트하지 않고 학교 다녀보는 것이 소원이었다. 그리고 마침내 명신의 도움은 바라지 않게 될 때까지, 다시 기대하고, 또 실망하길 반복했다. 설마, 하는 세월이 몇 년이나 이어졌던 것이다.

은수가 휴학하고 복학하기를 반복하는 동안 명신이 돈 되는 일을 한 적은 없었다. 돈은 입으로만 벌었다. 생활비가 떨어지면 불평이 늘었다. 걱정이 생기면 말이 많아졌고 어떤 일을 하기도 전에 못 할 이유만 백 가지 생겼다.

아파트를 팔고 전세로 옮겨갈 때만 해도 기대가 남아 있었다. 늘 큰소리를 쳤지만, 그때만큼은 정말 믿고 싶었다. 치킨집을 한다고 했을 때, 제발, 싶었다. 설마 그 돈을 그냥 야금야금 다 써버릴 줄 몰랐다. 전세가 월세로 되었을 땐 주방 보조 일을 하러 간다고 했다. 하루도 못 채우고 돌아왔다는 건 나중에야 알았다. 아침 일찍 나가고 늦어야 들어오는 은수는 한참 동안 몰랐다. 명신이 낮에 무얼 하는지 말하지 않으면 알 수 없었다. 그래도 훈장처럼 입을 떼면 그 이야기였다. 닦아도 닦아도 불판이 계속 쌓이더라나. 그렇게 많은 설거지는 처음이었다고.

"남들이 들으면 그 일로 자식 공부시킨 줄 알겠네."

듣다못해 어느 날 그렇게 쏘아붙였다. 그 말을 듣고도 고생담은 끊지 못했다. 은수가 어떤 말을 하건 명신은 하고 싶은 말만 했다. 한나절로 끝난 식당일은 무용담이 되었고 미래 설계는 늘 판타지 소설이었다. 나중엔 명신 입에서 나오는 어떤 말도 듣고 싶지 않았다. 대화가 이어지면 독설이 나왔다. 자신이 생각해도 너무하다 싶었지만, 자제가 되지 않았다.

월세조차 못 낼 형편이 되었을 때 은수는 독립을 결심했다. 그대로 같이 살다간 둘 다 수렁에 빠질 것 같았다. 어쩌면 명신이 자신을 믿고 그러는지도 몰랐다. 감당할 수 없었다. 명신은 계산을 하지 않았다. 내일을 생각하지 않는 씀씀이였다. 수입에 맞춰 생활하는 것이 아니라 자신의 지출 속도로 내처 달렸다. 속도 조절 없는 위험한 운전이었다. 생활비가 부족한 순간 집을 팔았고, 월세로 갈 때까지 멈추지 않았다. 어디까지 달릴까. 어떤 방법이 남았을까. 은수는 두려웠다. 아버지 강필이 떠올랐다. 부모가 이혼하기 전에는 전적으로 명신 편이었다. 생활비를 맡기지 않는 강필이 야박하다고 생각했다. 하지만 명신과 둘이 되고 보니 자신이 아버지처럼 어머니를 대하고 있었다. 소름 끼치게 놀라운 사실이었다. 욕하면서 닮는다더니.

융자를 받아 원룸을 얻었다.

명신은 이사하는 날까지 은수의 독립을 믿지 않았다. 짐이 나가는 것을 보고야 입을 벌렸다. 얼마나 충격을 받았는지는 모르겠다. 할 일이 많기도 했지만 애써 명신을 무시했다. 어찌하였든 능력 없는 어머니를 두고 나가는 것이었다. 저 혼자 살겠다고. 그래도 돌아서고 싶은 마음은 하나도 없었다. 그냥 죄인처럼 떠나고 싶지 않았을 뿐이다. 얼굴을 보면 죄인이 될 것 같았다.

명신은 외할머니 집으로 내려갔다. 어느 정도 예상한 결과였다. 은수가 모르고 있던 명신의 능력이 발현되지 않는 한 그 길이 가장 쉬웠다. 부끄러운 일이었다. 은수 생각엔 그랬다. 하지만 명신은 여전히 큰소리쳤다. 불안해서 그랬다는 걸 안다. 한편으론 마음이 놓였다. 절망하고 풀이 죽었다면 은수도 마음이 아팠을 것이다.

외할머니 집으로 내려간 명신은 은수가 사는 곳에 한 번 다녀갔다. 꼭 할 말이 있다고 했다. 그런데 보여주고 싶지 않았다. 기껏 나가더니 겨우? 할지도 몰랐다. 이상하게 자존심이 상했다. 하지만 딸이 사는 곳을 보러 오겠다는데 기어코 말릴 수는 없었다. 어차피 한 번은 다녀가야 한다고 생각했다. 그리고 심경의 변화도 궁금했다. 달라지길 바랐던지도 모른다. 좋은 일로 귀향한 것은 아니지만 고향에 정착했다. 명신한테도 엄청난 변화였을 테니까.

기대는 보란 듯이 무너졌다. 명신은 하나도 변하지 않았다. 조금 있던 미안한 마음마저 날아가게 만들었다. 외할머니 집을 허물고 건물을 올리겠단다. 넓은 대지를 그대로 두는 건 바보짓이라나? 다가구 건물을 올려 월세를 받으면 누이 좋고 매부 좋다니. 처음 듣는 말은 아니었다. 들었지만 귀담아두지 않았다. 말로만 하는 계획은 수도 없이 들어왔고 그래서 듣는 대로 흘려버렸다. 더구나 외할머니 집을 두고 왜 멋대로 계획을 세우는 건가 싶었으니까. 외할머니는 어떤 반응을 보였을까?

은수는 화도 내지 않았고 아무것도 묻지 않았다. 듣고 있을수록 독립을 잘했다는 생각이 들었다. 자신의 앞길만 생각하기로 했다. 명신의 허황된 꿈까지 걱정하기엔 삶이 너무 벅찼다.

살면 정이 들 줄 알았다.

그런데 이사한 첫날부터 울고 말았다.

눕자마자 곯아떨어질 정도로 피곤했다. 독립도, 혼자 이사한 것도 처음이었다. 자질구레하게 필요한 것과 정리할 것이 너무 많았다. 생각하곤 많이 달랐고 두렵기도 했다. 마음이 흔들리는 것이 더 두려워 계속 몸을 움직였다. 손가락도 까닥하기 힘들 정도로 지쳐 누웠다, 울고 말았다. 낮에는 왜 몰랐을까. 코끝을 스치는 냄새. 그게 곰팡이 냄새라는 걸 알아챈 순간 눈물이 났다. 새로 벽지를 발랐다는 데 모서리에 얼룩이 있었다. 책을 정리해 꽂을 때 보았지만, 곰팡이 생각은 하지 못했다. 월세가 비교적 싼 이유가 있을 줄은 알았다. 낮에도 불을 켜야 하는 집이란 것도 알았다. 감수하고 결정한 일이었다. 그런데 햇빛만 포기하면 되는 것이 아니었던 것이다. 곰팡이는 햇빛을 포기하면 따라오는 복병이었다. 후각이 기분을 그렇게 흔들 수 있다는 것도 그 집이 알려주었다. 사람이 꽃을 좋아하는 진짜 이유가 모습보다 향기라는 생각이 들 정도였다. 환경이 얼마나 마음을 피폐하게 하는지 그때까지 몰랐다. 외할머니 집으로 들어간 명신이 부러울 지경이었다. 더구나 좁은 집에 맞추느라 작아진 침대는 최악이었다. 몸부림을 많이 치는 은수에게 좁은 잠자리는, 더구나 침대는, 밤마다 낭떠러지에서 아찔하게 떨어지는 꿈을 꾸게 했다. 팔이나 다리가 침대 끝에 걸려 있으면 반드시 꿈에 낭떠러지를 만났다.

날마다 소원했다.

햇빛이 들어오는 큰 침대.

무섭게 절약하며 틈틈이 다른 집을 알아보았다. 집을 보는 눈이 완전히 달라졌다. 실패의 경험이 왜 중요한지 몸소 깨달았다. 집은 단순히 사람을 담는 그릇이 아니었다. 사람도 식물처럼 햇빛이 필수였다. 크기나 장식이나 모습은 햇살 다음이었다. 중요한 한 가지를 중심에 두고 다른 것을 포기하니 차라리 결정이 쉬웠다. 그리고 계약 기간이 끝나기 무섭게 이사를 결행했다. 여유 공간을 포기하고 큰 침대를 들여놓았음은 물론이다.

시간이 흩어진 자리

고요한 시간이 흘렀다.

해가 훌쩍 올라왔다.

똘이가 슬리퍼를 신은 복동의 발에 얼굴을 부볐다. 복동이 몸을 숙여 똘이 등을 쓰다듬는다. 똘이는 이제야 안심이다. 평소와 다른 복동이 불안했다. 날이 밝고 한참이 지났는데 똘이를 아는 척하지도 않았다. 그리고 밥도 아직이다.

명신을 배웅하고 들어올 때부터 이상했다. 마당으로 들어서면, 똘아, 하고 이름부터 불러야 하는데 그러지 않았다. 하늘을 한참 쳐다보더니 마당을 쓸었다. 비가 움직이는 대로 똘이도 뛰어보았다. 그것도 허사였다. 똘이가 보이지 않는 것처럼 마당을 쓸다가 비를 마당에 던져두었다. 비가 서 있을 곳은 따로 있었다. 대문간 앞이라야 했다. 그걸 알려주려고 짖었지만 쳐다보지도 않고 대추를 주웠다. 그때부턴 그만 힘이 빠져 가만히 지켜보기만 했다. 아직 떨어져 있는 대추가 많은데 그 일도 곧 그만두었다. 참으로 이상했다. 마당이 말끔해질 때까지 쓸지도 않고 대추를 남김없이 줍지도 않다니. 무엇보다 아직도 밥을 주지 않는 것이 제일 이상했다. 대추 줍기도 그만두고는 마루에 앉아버렸다.

할 수 없이 똘이도 복동 발아래 앉았다.

그리곤 여태다.

귀가 간지러워 복동의 발에 부볐다. 그러자 다리를 움직인다. 곧이어 등을 쓰다듬으며 말했다. 얼른 밥 주마.

특별히 푸짐한 밥이다.

복동은 밥을 먹고 있는 똘이 앞에 한참 앉아 있었다.

똘이가 텃밭으로 가는 복동의 뒤를 따른다.

복동은 호미를 들고 밭으로 들어가더니 그대로 엉덩이를 대고 앉았다. 처마 밑에 놓여있는 스티로폼 깔개를 깔지 않았다. 늘 깔고 앉던 깔개를 왜 가져가지 않는 걸까. 똘이는 깔개를 쳐다보고 다시 복동을 보았다. 복동은 이미 호미질을 시작했다.

호미가 배춧잎을 찍는다.

왜 저럴까. 호미는 흙을 긁어야 하는데.

똘이가 제자리에서 발을 구른다.

호미를 든 채 복동이 돌아본다.

이번엔 짖지도 못하고 학학, 숨을 내뱉는다. 불안해서다. 복동의 눈이 똘이를 보고 있지 않기 때문이었다. 그리고, 똘이는 그 자리에 얼어붙는다. 복동이 사라지고 있다. 땅에 붙어 있어야 할 엉덩이가 벌써 보이지 않는다. 앉은 채로 복동이 흩어지고 있다.

시간은 어디로 흘러갔을까. 그리고 복동은.

맑은 가을이 내려앉은 텃밭엔 호미만 덩그러니 남았다.

바람도 없는데 땅에 닿은 배춧잎이 천천히 흔들린다.

3.

"둘이 자도 넉넉하겠다."

화제를 돌리고 싶어 한 말이었다. 명신도 침대에서 같이 잘 마음은 아니었다. 물론 굳이 권한다면 마다하진 않겠지만 은수가 그럴 리 없

었다. 옹색하지만 침대 아래 이불을 깔고 자는 수밖에 없다고 생각했
다. 그런데 엄마한테 어떻게 그런 말을. 자고 가려고? 라니.

"그럼 딸집에 와서 하루도 안 자고 그냥 가니? 외가가 엎어지면 코
닿을 데 있는 것도 아니고."

그렇게까지 말했는데도 은수는 말을 바꾸지 않았다. 끝내 자고 가란
말은 하지 않았지만 더 이상 대꾸가 없는 걸로 허락받은 셈 치기로 했
다. 복동에겐 며칠이 걸릴지 모르겠다고 했는데 바로 내려가긴 민망
했다. 자식이 필요로 하는 엄마이고 싶었다. 복동한테도 그런 모습을
자랑하고 싶었던지도 모른다. 자신이야말로 부모가 필요한 처지라는
걸 아는지 모르는지.

청소며 반찬도 해놓고 오겠다며, 할 일 많은 사람처럼 서둘러 집을
나설 땐 어떤 활력으로 마음이 들떴다. 하지만 부푼 가슴은 도착하는
순간 바람이 반 빠졌고 나머지도 그날이 가기 전에 새나갔다.

와보니 이미 이삿짐은 다 들어와 있었다. 그리고 정리랄 것도 없었
다. 처음 이사 나갈 때보다 더 단출해진 듯한 살림인데도 남은 공간이
없었다. 원룸은 커다란 침대가 반을 차지했고, 나머지는 또 만만찮은
크기의 탁자가 차지했다. 바닥엔 앉을 자리조차 마땅찮았다. 침대에
걸터앉거나 의자에 앉는 수밖에 없었다. 그래도 탁자엔 다행히 의자
가 두 개 있었다.

침대에서 같이 이틀을 잤다.

어떻게든 침대와 탁자 사이에 누울 수는 있었지만 깔 이부자리가 없었다. 명신도 침대를 같이 쓰는 건 불편했다. 하지만 그런 불편은 차라리 견딜 만했다. 묵언 수행하는 스님도 아니고, 은수는 말을 하지 않았다. 물론 아침 일찍 나가고 퇴근도 늦어 얼굴 맞대고 이야기할 시간이 없다면 할 말은 없다. 그렇지만 정이 흐르면 시간이 문제인가. 아무리 눈치가 없어도 정과 무정을 구분하지 못할까. 퇴근 후에도 밤 늦게까지 탁자에 앉아 일을 했다. 한편으로 안됐기도 했다. 벌어 먹고 사는 일이 힘들구나. 딸의 등만 쳐다보다 먼저 잠을 청했다.

탁자에 스탠드만 켜놓았지만, 그래봤자 같은 공간. 불빛은 밤이 깊을수록 밝아졌다. 뒤척이다 잠이 들쯤에 은수가 침대로 들어왔다. 비로소 눈이 편해졌지만, 그 후로도 여러 차례 잠이 깨었다. 은수는 어릴 때부터 몸부림이 심했다. 밤새 방을 굴러다녀서 요를 두세 개씩 깔아놓아야 했다. 잠버릇은 변하지 않았다. 팔과 다리가 날아와 잠을 방해했다. 명신 몸에 닿으면 은수도 깜짝 놀라며 돌아누웠다. 그게 더 섭섭했다. 엄마가 뱀이냐? 잠결에 욕을 했다.

이틀을 버틴 것이 기적이었다.

아무것도 해줄 것이 없다는 무력감과 딸자식의 푸대접.

두 번째 밤을 보내고 나니 고향 집이 얼마나 그리운지.

은수가 출근하고 난 집에서 늦은 아침을 먹었다.

반찬이라곤 명신이 갖고 올라온 김치와 멸치조림밖에 없었다. 그리고 냉장고에 있는 식재료라곤 달걀뿐. 달걀프라이 두 개를 했다. 김치와 멸치조림은 어제 온종일 먹은 터라 먹히지 않았다. 은수는 어제도 오늘도 시리얼을 먹고 나갔다.

어제 아침에 억지로 눈을 비비고 일어났는데 벌써 시리얼을 먹고 있었다. 간편하지 않으면 먹을 시간도 없으니 신경 쓰지 말라고 했다. 은수가 나가고 바로 곯아떨어졌다. 밤잠보다 깊이 잤다. 밤새 선잠을 잔 후유증이 컸다. 나름 피곤했던 하루였는데 잠까지 설쳤던 첫날밤이었다. 잠이 많은 명신한텐 시련의 밤이었던 셈이다. 자고 일어나니 한낮이었다. 배가 몹시 고팠다. 허겁지겁 밥만 해서 가지고 온 반찬으로 늦은 아침을 먹었다. 설거지를 하고 난 뒤 그제야 집을 꼼꼼하게 살펴보았다. 전에 살던 곳보다 확실히 좁았다. 그래도 햇빛이 잘 들어 이사를 잘했다는 생각이 들었다. 집이 어두우면 기분도 어둡다. 넓은 침대에 혼자 누워있으니 좁은 것도 문제 되지 않는다. 이만하면 됐네. 간밤의 악몽이 옅어지면서 기분이 좀 나아졌다. 그래서 며칠은 더 있어도 되겠단 생각이 들었다. 온 김에 친구를 만나 수다도 떨고 싶었다. 그건 성공했다.

고향으로 내려가기 전까지 가까이 지냈던 대학 동창이 있었다. 같은 아파트 단지에 살던, 오랫동안 에어로빅을 함께하며 죽이 잘 맞았던 친구였다. 전화를 걸었더니 화들짝 반기며 보고 싶어 했다. 택시를 타고 옛날 살던 동네로 명신이 갔다. 즐겨 가던 찻집도 가보고 싶었다. 사실은 친구를 원룸이 밀집한 동네로 부르고 싶지 않았던 이유가 더 컸다. 거리가 꽤 멀었지만 택시를 불렀다. 낯선 동네에서 버스를 기다리긴 싫었다. 차는 팔지 말았어야 했는데. 택시를 타러 나가며 생각했다. 별수 없었다는 걸 알면서도 후회가 되었다.

오랜만에 만나 원 없이 수다를 떨었다. 은수 자랑도 했다. 요즘 같은 청년 실업 시대에 부모 도움 없이 서울에 직장을 얻은 똑똑한 딸이다. 원룸은 고급빌라가 되었고 묵언 수행은 효심 깊은 배려로 변했다. 원하는 대로 이야기를 꾸미다 보니 자꾸 부풀려졌다. 초대 한 번 하라는 말에 정신이 들었다. 그러고 싶지만, 곧 내려가야 한다고 말을 돌려야 했다. 그리고 그 말은 실현이 되었다. 명신이 서울로 올라와서 말대로 된 건 그것 하나뿐이다.

저녁때가 되어 친구와 헤어졌다. 저녁 걱정을 하며 일어서는 친구를 보며 새삼 깨달았다. 자기는 돌아갈 집이 없다는 걸. 서울에 집이 없었다. 기분이 좀 그랬다. 그걸 감추려고 일부러 더 수선을 떨며 헤어졌다. 돌아올 땐 버스를 탔다. 차가 밀리는 시간이었다. 올 때도 택시

비 출혈이 컸다. 버스에서 내렸을 땐 이미 어두웠다. 은수는 아직 돌아오지 않았다. 당연히 그럴 줄 알고 있었지만 캄캄한 집에 들어서니 또 섭섭해졌다.

'엄마가 와 있는데 좀 일찍 오면 안 되나?'

저녁도 같은 반찬으로 먹었다. 내일은 장을 봐서 반찬을 해야겠다. 엄마 노릇을 하면서 며칠 더 머물러도 괜찮겠지 싶었다. 퇴근한 은수가 명신을 낯선 사람 대하듯 보기 전까지는. 아직 안 갔어? 하는 눈빛으로. 그 눈빛을 보는 순간, 결심했다. 그래, 간다.

그런 요상한 눈빛만 던지곤 말도 없이 옷을 갈아입고 화장실로 들어가 버렸다. 그래도 저녁은 먹었겠지. 그 생각이 스쳤다. 열 시가 넘은 시각이었다. 하지만 물어보지 않았다. 밥도 없었다. 화장실에서 나온 은수는 탁자로 가 스탠드를 켰다. 자기는 일이 남았으니 알아서 자라는 무언의 행동이다. 등을 보이고 앉아 있는 은수는 완강히 명신의 존재를 거부하고 있었다.

달걀로 아침을 대신하고 장을 봐 왔다.

반찬 몇 가지는 해놓고 가야겠다 싶었다. 미워도 자식이었다. 엄마가 왔다 간 흔적은 남겨놓아야지. 하루 이틀은 잘 먹겠지, 하면서. 반찬을 만드는 데 복동이 떠올랐다. 학교 다닐 때, 복동은 도시락 반찬에 신경을 많이 썼다. 하도 여러 가지를 담아주어 친구들이 부러워했다. 도시락 반찬으로 김치가 고작인 시절이었다. 멸치볶음이나 콩자반만 곁들여도 호사였는데 복동의 반찬은 적어도 세 가지였다. 생각해보면, 소시지나 어묵 같은, 돈으로 사야 하는 재료는 아니었다. 전부 들이나 산에서 나는 나물이었다. 그렇게 나물 반찬을 여러 가지 싸오는 애들은 없었다. 봄에는 쑥버무리가 들어있기도 했는데, 그걸 아침에 쪄내는 것이다. 나물이 나지 않는 겨울에도 가지, 호박, 고구마줄기 말려둔 것으로 가짓수를 채워주었다. 김치 외엔 아침에 마련하지 않은 반찬이 없었으니 도대체 몇 시에 일어나 그 많은 찬을 만들었을까. 아침잠이 많은 명신으로선 엄두도 내지 못하는 일이다. 그리고 은수를 키울 땐 다행히 학교 급식이 있어 도시락 쌀 일이 없었다. 아침엔 겨우 일어나 달걀을 구워주었다. 그것조차 힘들어 툴툴거리면서도 복동 생각은 해보지 않았다. 그날, 은수 반찬을 만들며, 내내 복동의 아침을 떠올렸다.

***

은수한테 받은 푸대접을 복동한테 보상받고 싶었는가.
저녁엔 어떤 반찬을 해놓았을까 하는 기대도 즐거웠다.

명신은 고민을 오래 하지 않는다. 우울했던 기억이 차가 달리는 속도만큼 빨리 날아가 버린다. 더구나 넓고 편안한 잠자리를 떠올리니 절로 웃음이 난다. 아직도 솜을 타서 이부자리를 꾸미는 고향 집이다.

사람은 왜 코앞에 닥친 일도 알지 못할까.

어찌하여 아무런 징후도 감지하지 못하는 걸까.

명신이 흐뭇하게 달려가고 있는 그곳은 더 이상 낙원이 아니다. 명신한테는 복동이 있는 곳이 낙원이지만 그녀는 모른다. 그저 고향 집이 낙원이라 여긴다. 이제 그곳엔 복동이 없고 그래서 낙원은 사라졌다.

곧 드러날 현실도 모른 채 명신은 단꿈에 젖어 있었다.

푸른 대문 앞에 설 때까지도.

봄날은 가고

늘 봄이길 바랐다. 해마다 봄을 기다렸다. 봄엔 할 일이 넘쳤다. 자고 나면 못 보던 풀이 땅을 뚫고 올라왔다. 반갑게 김을 매고 채소를 솎아냈다. 등에 햇빛을 받으며 하루 종일 밭에 살았다. 끼니때나 되어야 집 안으로 들어가 궁둥이를 붙였다. 부지런한 봄이 지나가고 기온이 쑥쑥 올라가기 시작하면 불안했다. 한여름 밭은 한증막이라 오래 머물지 못했다. 집 안에 있는 시간이 늘어나는 것이 두려웠다. 손을 쉬고 있으면 머리가 부지런을 떨었다. 하지 말아야 할 생각을 하게 되고 가슴에 불이 났다. 복동의 가슴은 한여름에 가을을 감지했다. 숨이 막히는 폭염 속에서 귀뚜라미 우는 소리가 들렸다. 가을벌레가 울면 밤마다 같이 울었다. 성신이 떠난 그 가을이 해마다 돌아왔다. 참담한 기억도 같이 왔다. 기억은 한겨울 추위에 꽁꽁 언 채 가슴에 갇혀있다 봄이 되어야 풀렸다. 봄볕에 아지랑이처럼 날아올라가는 듯했다. 호미에 뒤집히는 흙덩이나 풀이 되어 밭에 드러눕기도 했다. 몸을 움직일수록 기억은 잘게 부서졌다. 그렇게 날마다 밭을 뒤집고 밭에 묻었다.

복동이 날마다 시간을 보냈던 텃밭에,

햇살만 가득하다.

4.

재신이 아침에 다시 명신 전화를 받았을 땐 걱정보다 성가신 마음이었다.

사라지다니. 어린애도 아니고 노인이 어디로?

"좀 잘 찾아보지."

"오빠도 참, 내가 찾아보지도 않고 전화했겠어? 알아볼 데 다 알아보고 전화한 거야. 엄마가 어디 다른 데 가서 주무실 사람이 아니잖아. 그런데 밤새 안 들어오셨단 말이야."

듣고 보니 심각하다.

어제는 듣고도 흘려버렸다.

늦게라도 오시겠지, 자식들이 모르는 친한 사람 집에라도 가셨겠지, 하며.

명신도 같은 반응이어서 걱정하지 않았다. 마치 복동에 대한 걱정은 일어날 수 없는 일인 것처럼. 여태 그랬던 것처럼. 그리고 전화를 받았던 사실조차 잊어버리고 푹 자고 일어났다. 마음에 좀 걸리는 일이 있었다면, 찬빈이 감기 기운이 있다는 것.

어제저녁 재신이 명신 전화를 받고 있을 때 연옥도 전화를 받았다.

연옥의 금쪽같은 아들 한솔이었다. 물론 한솔은 재신 아들이기도 하다. 그러나 연옥의 유난한 아들 사랑 때문에 자신은 한솔의 탄생과 아무 상관없는 사람처럼 느껴질 때가 많다. 재신도 물론 아버지로서 당연히 아들을 아낀다. 하지만 표현을 할 수 없다. 아니 연옥만큼 할 수가 없다. 해봤자 티가 나지 않는다. 그리고 언제나 아들한테 밀리는 관심 밖의 남자로 사는 설움도 있다. '금쪽'은 그런 복잡한 재신의 마음이 담긴 표현이다.

한솔 전화라는 건 이미 '여보세요.' 할 때 알 수 있었다.

약간 들뜬 높은 어조는 오직 '금쪽'을 향한 식별 가능한 음색이다.

연옥 말대로 아들은 아내의 영원한 연인이다. 지독한 아들 사랑은 키울 때부터 장가를 든 지금까지 그대로이다. 한솔이 결혼을 한 후론 짝사랑으로 변질되고 말았지만. 그래도 재신의 자리는 여전히 짝사랑 뒤였다. 한솔 자리엔 다른 사람을 들이지 않았다. 빈자리가 아니라 성역 같은 곳이었다. 아들에 대한 짝사랑은, 어떤 면에서 주고받는 사랑보다 더 치열했다. 재신이 알지 못하는 한솔이네 사정을 연옥은 항상 알고 있었다. 보지 못하는 것을 탐지하는 촉수라도 있나 싶을 정도였다. 돌려받지 못하는 데 대한 보상심리가 엉뚱하게 작용하는지도 모르겠다. 그래서 화살이 죄 없는 며느리를 향하기도 했다. 시어머니 심술은 하늘이 내린다는 말이 그르지 않았다. 그래도 자존심이란 교양을 장착하고 있어 며느리를 대하는 태도는 점잖다. 험담하는 서슬로 보자면 만나면 안 되는 사이였지만 겉으론 평화로웠다. 며느리야 시어머니 마음을 알 리 없으니 다행이라면 다행이다.

한솔과 민지는 한의사 부부다. 둘은 대학교에서 만나 결혼까지 했다. 연옥은 한의사인 아들이 자랑스럽다. 당연히 며느리도 자랑스러워야 하지만 그런 태도는 볼 수 없다. 둘은 같은 대학을 다녔고 같은 직업을 가졌다. 바빠도 같이 바쁘고 피곤해도 같이 피곤하다. 어쩌면 체력이 남자보다 못한 여자가 더 힘들지도 모르겠다. 그러면 민지 걱정을 더 해야 하는 것 아닌가. 정말 교양 있고 합리적인 여자라면 말이다. 하지만 연옥은 언제나 한솔 걱정이다. 연옥이 기꺼이 달려가 도움의 손길을 주는 이유는 순전히 한솔 때문이다. 그래봤자 손자를 돌봐주는 일이 대부분이라 결과적으로 민지를 돕는 일이기도 하지만.

그 손자가 찬빈이다.

찬빈이 감기란다. 다음 날 학교에 갈 수 없을지도 모른다고. 집에 혼자 있을 찬빈을 봐 달란 전화였다. 아침에 상태를 보고 다시 전화를 하겠다 했지만, 십중팔구 호출될 터였다. 재신은 죽어도 학교는 가야 하는 곳으로 알고 컸다. 하지만 요즘은 학교가 그런 절대적인 가치를 가진 곳이 아니다. 등교도 결석도 필요에 따라 유동적이다. 아파도 학교에 가야 한다는 생각은 옛날이야기가 되었다.

전화를 끊고 난 연옥이 한숨을 쉬었다.

"알았다, 아침에 다시 전화해."

날아갈 듯한 어조로 대답은 했지만 갑작스런 호출은 반갑지 않다. 연옥도 일정이 있는 것이다.

"돈 버는 일만 일인가? 백수 일정은 이렇게 무시된다니까."

연옥이 투덜거리는 이유엔 관심이 없었지만, 손자가 아프다니 신경이 쓰였다. 연옥과 달리 재신은 손자가 먼저다. 한솔한테 고까운 마음이 있는 게 아니다. 재신한테도 한솔은 자랑스러운 아들이다. 하지만 연옥이 워낙 자신만의 아들인 것처럼 추켜세우며 유난을 떨어대니 끼어들 자리가 없었다. 어떤 자세를 취하든 어떤 말을 하든 연옥을 넘어

설 수는 없었다. 그래서 언제나 뒷전에서 서성거린다. 아들이 다 그렇다고는 했다. 클수록 재미없다고. 한솔도 자랄수록 말수가 줄었다. 재신과 둘이 있으면 더 그랬다. 장가를 들고난 뒤론, 어쩌다 둘이 앉아 있게 되면 어색하기까지 했다.

찬빈이 태어난 뒤에야 어색함은 사라졌다.

그리고 많은 것이 달라졌다. 그런 심경의 변화는 꿈조차 꾸어보지 않았다. '찬빈'이란 이름이 얼마나 찬란하게 다가왔는지. 이름만으로 가슴 설레는 경험을 하다니. 아들 이름 '한솔'은 연옥이 지었다. 좋은 이름이라 생각했다. 그냥 좋은 이름이었다. 한 번도 그 이름에 감정이 끓어오른 적은 없었다. 이름은 그런 것이었다. 여태까지. 그런데 '찬빈'은 찬란하게 다가왔던 것이다. 찬빈은 시간을 들이는 만큼 진짜 가까이 다가왔다. 사실을 말하자면, 한솔을 키울 때보다 더 많이 안아주고 놀아주었다. 그때는 직장 일이 바빴다고 변명해보지만 완벽한 핑계라는 것도 안다. 퇴근 후에도 놀아주지 않았으니까. 연옥은 삼십 년도 더 지난 과거를 끌어내 핀잔을 주곤 한다. 그때마다 딴전을 피운다. 엄연한 사실이며 몹시 후회되는 일이라 더욱 인정하고 싶지 않았다.

사람은 그렇게 생겨먹은 종자인지도 모르겠다. 자신한테 불리하면 마구 부정하고 보는 것. 속으론 백번이라도 반성하지만, 말로는 인정도 사과도 한 적이 없었다. 아니 하지 못했다. 연옥을 앞에 두고 사과하는 일은 '불가능'이었다. 그것도 심각한 반성 후에 내린 결론이 아니었다. '절대 못 함'이라는 결론에 도달하는 데 일 초도 걸리지 않았다. 재신은 급한 성격도 아니지만 일 처리도 신중하다. 하지만 '과거사 반성'이란 중요한 일에 전혀 신중하지 않았다. 그것도 가장 가까운 사람과 관계된 일이었다. 가까우니 편해서, 라고 말하고 싶겠지만 사실은 가까워서 함부로, 했다. 참 불가사의한 인간의 습성이다. 가까운 상대일수록 함부로 대접받아야 한다니.

과거는 흘러갔고 찬빈의 탄생은 새로운 세상을 열어주었다.

재신은 이제 연옥을 바라보며 한솔 뒤에 있지 않았다. 자신한테도 최고의 사랑이 생긴 것이다. 찬빈은 연옥 품에 안겨 밥을 먹다가도 재신이 팔을 벌리면 냉큼 손을 뻗어 안겨 왔다. 향기로운 살 냄새가 나는 손자를 품에 안으면 한없이 흡족해졌다. 진정 사랑하고 사랑받는 기분이었다.

재신은 완전히 손자한테 빠져 살았다. 연옥도 그런 줄 알았다.

찬빈은 태어나고 두 달이 지나서부터 두 집을 오갔다. 한솔이 아침에 맡겨놓고 한의원 닫는 시간에 데려갔다. 적어도 초등학교 입학할 때까진 그럴 줄 알았다. 하지만 두 돌이 되자 어린이집에 가게 되었다. 연옥이 하루 종일 손자를 돌보는 일에 손을 들었기 때문이었다.

재신한테 너무나 갑작스런 일이었지만 연옥은 원래 계획이 그랬단다. 어린이집에 갈 정도까지만 봐준다 했단다. 역정도 내보고 말려도 보았지만 힘이 없었다. 말도 잘 못 하는 애가 무슨 어린이집이냐 했더니 더 어린애도 간다며 냉정히 잘랐다. 그때 알았다. 손자도 아들을 이기지 못한다는 걸. 한솔이가, 물론 만약이지만, 지금이라도 연옥의 품으로 돌아온다면, 온종일 보살피고 먹이고 할 것이라고. 그런데 그 어린 손자는 어린이집에 맡겼다. 매일 찬빈을 못 본다 생각하니 허전해서 눈물까지 났다. 왜 멋대로 혼자 결정하느냐고, 자신도 찬빈을 돌봤다고, 계속하겠다고 억지를 부렸다.

"당신 혼자 볼 거야?"

"그래, 혼자 할 거야."

정말 그러려고 했다. 못할 것도 없을 것 같았다. 하지만 아들과 며느리도 재신을 믿지 않았다. 며느리는, 말씀만으로도 고마워요, 했고 아들은 웃음으로 넘겼다.

그날 이후 손자 인생은 파란만장해졌다.

오전엔 어린이집, 오후엔 보모 손에, 그리고 저녁이 되어야 부모를 만났다. 연옥도 자주 불려갔다. 보모가 일이 생기기도 하고, 감기가 유행하기도 하고, 어린이집 행사도 있었다. 그럴 때는 어쩔 수 없이 연옥이 호출되었다. 그래도 늘 보는 것보다 나은지 다시 데려온다는 말은 하지 않았다.

매일이 아니라 가끔 보는 사이.

사무치게 보고 싶던 시간이 있었고 그 세월은 상처가 아무는 시간이기도 했다. 그리움은 여전하지만, 차츰 아프진 않게 되었다. 실연의 아픔이 그런 것인가 할 정도였다. 연애할 때도 겪어보지 못했던 실연이었는데. 어쩐지 바보가 된 것 같기도 했다.

찬빈한테 이토록 지극한 마음을 갖고 있어도 한솔 내외가 찾는 사람은 언제나 연옥이었다. 이유를 모르진 않는다. 손자를 맡기기엔 부족한 면이 많다. 더구나 아픈 손자라면, 죽이라도 끓여 먹여야 하는데, 재신은 미더운 존재가 아니다. 사실 자신도 없다. 그러면서도 미더운 존재로 살지 못했던 반성보다 서운한 마음이 먼저 든다. 물론 보고 싶으면 같이 가면 된다. 하지만 그러지 않았다. 마음은 열 번이라도 따라나서고 싶었지만 한 번도 표현한 적 없다. 언제나 그리움보다 자존심이 앞선다. 연옥을 따라가고 싶지 않은 것이다. 더구나 필요하지도, 불러주지도 않는 자리. 그곳에 찬빈이 있다는 생각만으로 달려가야 하지만 그러지 않는다. 도대체 무엇을 위한 자존심인가. 한심해하면서도 혼자 끙끙대며 지키고 있다.

***

연옥은 결국 아침에 불려 나갔다.

많이 아픈가.

빨리 나아야 할 텐데. 가 볼까?

실행하지도 않을 궁리를 하며 주방으로 갔다. 식탁엔 연옥이 아침을 해결하고 나간 흔적이 남아 있다. 커피 향이 가득하다. 자연스럽게 재신의 아침도 커피와 빵이다. 연옥이 주는 대로, 아니 연옥이 먹는 대로 재신도 먹는다. 커피포트에 남아 있는 커피를 잔에 따르고 식빵 두 개를 토스트기에 넣는다. 땅콩버터와 블루베리 잼은 식탁에 나와 있다. 먹고 나서 다시 냉장고에 넣어두면 된다.

토스트가 구힐 동안 커피를 한 모금 마신다. 향이 좋다. 아찔한 향에 비해 맛은 쓰다. 인류가 이렇게 쓴맛에 이다지 탐닉하게 되다니. 잠시 커피 삼매경에 빠진다.

톡!

토스트가 올라오는 소리에 깜짝 놀란다. 이어서 들리는 벨소리.

거실 탁자 위에 둔 휴대폰이 진동 벨에 드드득 움직이고 있다. 익숙해질 만도 한데 기이하게 느껴진다. 눈도 코도 없는 것이 빛을 발하며 소리까지 낸다. 분명 지금까지 알고 보아왔던 생명체 모습은 아니다.

본 적도 없는 것이 이상한 소리를 내며 움직이고 있으니, 조선 시대 사람이 이 물건을 본다면 기겁하고 도망갈 일이다.

명신이었다.

"어머니가 안 들어오시다니?"

믿기지 않아서인지 현실 같지가 않았다. 지난밤에 전화를 받았던 사실은 까맣게 잊어버렸다. 그래서 더 엉뚱했다. 더구나 아침을 먹으려던 참이었다. 나름 행복한 시간이다. 잠에서 깨어난 첫입에 닿는 커피 맛과 향. 무언가를 씹어 삼키는 행위. 방해를 받고 싶지 않은 시간이었을 지도 모르겠다. 누구나 즐거운 시간 앞에선 그런 심정이 될 수 있지 않은가. 고대하던 여행을 앞두고 사고가 일어난다면, 사고의 경중에 앞서, 먼저 여행을 포기해야 하는 현실이 더 큰 사고처럼 느껴질 수 있다. 나중에 상황이 파악되고, 이성이 돌아와서, 이런 처지에 여행이 다 무어란 말인가, 하게 될지라도.

명신 전화를 받을 때도 그랬다. 놀라기보다 귀찮다는 생각이 앞섰던 모양이다. 코끝엔 커피향이 맴돌고 입안에 군침이 막 돌았던 참이었으니. 그래서 달콤한 시간을 방해받지 않고 싶은 심정이 그대로 툭 튀어 나갔다.

"잘 찾아보지."

나중에 생각해도 참 한심한 대꾸였다. 자식이 되어, 더구나 맏이가 취할 태도가 아니었다. 그러나 당시엔 스스로 반성할 시간 따위 주어지지 않았다. 명신도 참는 성격은 아니다. 한심한 대꾸에 가차 없는 반격이 돌아왔다. 명신은 속사포처럼 불만을 털어놓았다. 뭐라고 대거리를 할 수 없게 만들었다. 요지는 혼자 애를 태웠다는 이야기다. 어찌하였든 정신이 번쩍 들었다.

복동이 사라졌다.

한심했다. 밤새 아흔 어머니가 집을 나가 소식이 없었다. 지난밤에 전화를 받고도 남의 일인 듯 잊어버렸다. 푹 자고 일어나 느긋하게 아침을 먹으려던 중이었다. 미치지 않고서야. 아무 쓸데도 없는 자학을 했다.

"알았다. 나도 알아볼 테니까 너도 너무 걱정 말고."

전화를 끊고 잠시 멍하니 앉아 있었다. 심각하고 불안했지만 무엇을 해야 할지 알 수 없었다. 별수 없는 말만 하고 통화를 끝냈다는 사실만 현실이었다. 전화를 끊을 때만 해도 벌떡 일어나 어떤 행동을 할 것처럼 서둘렀다.

그런데 서둘렀던 이유도 모르겠고,

뾰족한 수도 생각나지 않아서,

달리 할 일도 없었다.

밤 소나기

별이 하나둘 사라진다 싶더니 비가 쏟아진다.

하루 종일 내리쬐던 햇살에 항거라도 하듯,

머뭇거림도 없이 내리는 굵은 빗줄기.

사방은 대번에 빗소리에 갇힌다.

기와지붕에, 나뭇잎에, 마당에, 그리고 밭에 쉴 새 없이 퍼붓는 비는,

금세 막강한 힘을 얻는다.

밭작물을 타고 내리고 흙을 두드리고 마침내 골을 이루며 기세등등 이다.

땅 위의 모든 흔적을 쓸어버리겠다는 의도인지,

존재를 과시하려는 수작인지 모르겠지만,

대응하는 자가 없다.

그저 내리는 비를 맞고, 받아들이고, 쓸려갈 뿐이다.

아니다.

잘못 본 것이 아니라면, 응대의 움직임이 있다.

똘이다.

복동이 사라진 자리에 엎드려 있던 똘이다. 거센 비를 맞으며 그대로 있었던 모양이다. 지켜보는 누군가 있었다 해도 알아보기 힘들었을 것 같다. 잘 자란 밭작물로 무성한 밭이다. 그사이에 죽은 듯이 엎드려 있으면 발견이 쉽지 않겠다. 흠뻑 젖은 얼굴을 들고 일어나 앉지 않았다면.

똘이가 앉아 있는 자리엔 빗물이 흥건하다. 개라고 해도 젖은 자리를 좋아하진 않는다. 똘이도 마찬가지다. 마른자리를 골라 앉고 아늑한 곳에서 잠을 청한다. 그런데 무슨 일인가. 온통 비를 맞으며 엎드려 있었던 것도 모자라 빗물 구덩이에 그대로 앉아 있다니. 그뿐인가. 밭 밑을 흘러가는 빗물에 코를 들이대고 냄새를 맡는다. 흙물이 된 밭을 발로 파고, 냄새를 맡고, 다시 파고, 코를 들이댄다. 같은 동작을 언제까지 할 작정일까.

비는 줄기차게 내린다.

하룻밤 새 밭작물이 부쩍 자랐다.

간밤에 내린 비 덕분이다.

서로 경쟁하듯 팔을 뻗은 작물 아래 그늘은 더욱 짙어지고,

햇살 받은 이파리는 더욱 반짝인다.

밭은 아무 일도 없었노라고 노래한다.

복동이 사라지고,

비가 내리고,

똘이가 빗속에 밤을 새운 일은,

벌써 지난 일이라고.

5.

고향 집은 복동이 반평생을 훨씬 넘게 살아온 곳이다.

복동은 그 동네를 속속들이 알고 마찬가지로 이웃들도 복동을 잘 안
다. 명신이 이미 가볼 만한 이웃엔 다 가보았을 터였다. 어딜 갔으면
본 사람이라도 있어야 마땅한 동네다. 그런데 행방을 도무지 알 수 없
다니. 생각할수록 걱정이 슬금슬금 불어났다.

예삿일이 아니구나.

마음은 안절부절못하지만, 엉덩이는 여전히 소파에서 떨어지지 않는다. 연옥이 옆에 있었다면 뭐라고 할까. 이럴 때 어떻게 했을까. 어떤 식으로든 행동으로 옮겼을 것이다. 평소엔 그런 행동력이 달갑지 않았다. 평화를 깨는 행위로 느껴진 적이 더 많았다. 하지만 지금은 연옥이 집에 없다는 것이 불만스럽다. 어디 놀러 간 것도 아닌데 원망을 한다. 상황을 알고 있지만, 원망을 멈출 수 없다. 그래서 과거를 몽땅 호출해가면서 원망을 키워나간다.

연옥은 매일 외출한다.

하루도 집에 붙어 있는 날이 없지 않은가. 퇴직 후 연옥은 날마다 더 바빠졌고 재신은 날마다 행동반경이 줄어들었다. 찬빈을 집에서 돌볼 때는 몰랐다. 연옥이 그처럼 밖으로 나돌 줄은. 물론 자신이 연옥과 반대로 '집지기'가 될 줄도 몰랐지만. 그런 재신을 연옥은 마땅치 않아 했다. 집에서 빈둥거리고 있다는 뜻이다.

'집안일이 얼마나 많은데. 찾아보면 할 일이 얼마든지 있다고.'

귀에 딱지가 앉도록 들었지만 마음에 들어오진 않았다. 어쩌면 처절하게 거부하고 있는지도 모르겠다. 마치 그것이 자신을 지키는 최후의 보루인 것처럼.

설거지를 하려고 주방에 들어서면 왜 그리 처량한 기분이 드는지.

빈둥거리며 눈치 보고 있을 때보다 마음이 더 쓸쓸해졌다. 연옥은 일이 활력을 준다고 했지만, 집안일은 도리어 활력을 죽여버렸다. 차라리 잔소리를 견디며 앉아서 밥을 얻어먹는 편이 덜 비참했다. 청소나 설거지를 하고 있을 땐 한없이 낮아졌다가도, 차려주는 밥상 앞에 앉으면 기운이 올라갔다. 적어도 쓸모없는 인간이 되었다는 절망감에 빠지지 않아도 되었다. 하지만 그런 마음을 말로 하진 않았다. 환영받지 못할 감정이었다. 그리고 아내한테 하지 말아야 할 말이기도 했다.

퇴직 직후엔 정말 많이 다투었다.

당시엔 무슨 말을 해야 싸움을 피해갈 수 있는지 도무지 알 수 없었다. 평화를 갈구하다 칭찬을 해도 화살이 돌아왔다. 마음에 없는 칭찬이긴 했지만 새빨간 거짓은 아니었다. 밥하는 뒷모습이 아름답다고 했다가 이혼 말까지 오고 갔다. 사실 아름답지는 않았고 평화로워 보였다. 거실에 앉아 텔레비전이나 보고 있는 게 정답이었는데, 잘 보이려고 주방으로 갔다가 된통 당했던 것이다. 사실 그것도 연옥이 평소 요구한 대로 실천했을 뿐이었다.

'당신 너무한 거 아냐? 일하러 가는 것도 아니면서 거드는 시늉이라도 좀 해.'

'나도 이제 힘들어.'

입버릇처럼 그랬다. 그래서 거드는 시늉을 하러 갔던 것이다.

거실에 앉아 있는데 된장 끓이는 냄새가 퍼졌고, 갑자기 시장기가 들었고, 그래서 수저라도 놓을까 싶어 주방으로 갔고, 갔더니 연옥이 된장찌개 간을 보고 있었고, 앞치마를 한 뒷모습이 보기 좋았고, 마음이 흐뭇해져 칭찬 한마디를 덧붙였던 것이다. 거드는 시늉에 칭찬까지 보태면 점수를 딸 것 같아서 말이다.

'역시 여자는 밥하는 뒷모습이 아름다워.' 했다가 그날 저녁을 망쳤다. 배가 정말 고팠는데 눈치가 보여 많이 먹지도 못했다. 도대체 그 말 어디가 잘못된 걸까? 그렇게 접근하면 답이 없다. 말이 잘못된 것이 아니라는 걸 지금은 안다. 연옥이 어떤 말을 싫어하는지, 같은 말도 상황에 따라 해야 된다는 걸 어느 정도 파악했다는 뜻이다. 생각에 공감해서가 아니라 촉각을 곤두세우게 되었다는 의미이기도 하다. 덕분에 요즘은 큰 다툼 없이 밥을 잘 얻어먹으며 살고 있다. 아침에 일어나 청소기만 돌리면 하루는 평화롭게 흘러갔다. 다만 외출이 잦으니 끼니를 혼자 차려 먹는 경우가 많다는 것. 그것이 참 처량하다는 것. 그래도 연옥이 외출할 때는 심정을 솔직하게 표현하지 않는다. '또 나가?'를 꿀꺽 삼키고 '잘 다녀와!'로 포장한다.

오늘은 더구나 딴지 걸 수 없는 외출이었다. 손자를 봐주러 가는 일이다. 연옥도 손자는 귀엽지만 일은 일이다. 더구나 즐거운 일정을 깨고 가는 일이다. 재신도 손자는 귀엽지만, 학교 앞에서 기다리는 것은 싫었다. 하교 도우미가 있지만, 가끔 공백이 생긴다. 그럴 때도 언제나 연옥이 불려갔다.

"그 나이면 혼자 집 찾아오지 않나?"

괜히 미안해져서 한마디 했다가 열 마디를 들었다.

"옛날이랑 같아? 세상이 얼마나 달라졌는데. 당신은 어쩌면 아직도 조선 시대에 살고 있냐고. 그리고 이런 날은 당신이 좀 가면 얼마나 좋아. 그냥 학교 앞에 있다가 애만 데리고 오면 되는 거잖아. 일정 있는 내가 굳이 약속 다 깨고 가야 해? 집에 있다고 살림을 맡아 하는 것도 아니면서. 지금이 어떤 시댄데 아직도⋯⋯."

알고 있다. 세상이 얼마나 달라졌는지 뼈아프게 알고 있다. 자신의 달라진 처지를 보면 더 이상 생각하고 싶지 않을 정도다. 그리고 복동이 살았던 모습과 지금 연옥이 사는 모습을 비교하면 거의 천지개벽 수준이다.

영감이 부엌에 들어가는 걸 본 적도 없고 복동이 요구하는 것도 보지 못했다. 재신도 고향 집에선 영감처럼 살았다. 명신이나 아신은 당연히 하는 일이었지만 재신은 아니었다. 아무리 농사일이 많아도 집안일은 오롯이 복동 차지였다. 누군가 거든다면 다른 여자, 명신이나 아신이었다. 지금 생각하면, 부당했다. 그런 시절이 그립기는 하지만 옳았다고 말할 수는 없다. 특히 바쁜 농사철엔, 복동은 흙투성이 옷을 갈아입을 새도 없이 부엌으로 들어갔다. 복동과 같이 들어 온 영감이 손발을 씻고 안방에 들어와 누워도 하나도 이상하지 않았다.

그 광경은 이제야 불편하다. 청소기를 돌리다 그 시절이 떠오르면 죄스럽다. 지금처럼 집안일에 손을 보탰으면 어땠을까. 복동이 한사코 말렸을까. 말렸어도 도울 방법은 얼마든지 있었을 것이다. 세탁기도 없던 시절이었다. 그 큰 이불 홑청과 겨울 빨래를 짜고 너는 일이 눈에 보이지 않았단 말인지.

복동을 생각하면 그렇게 애틋해지던 마음이 연옥으로 옮겨오면 달라진다. 두 여자의 삶이 이미 많이 다르기 때문만은 아니다. 사람의 잣대는 상대에 따라 달라지는 고무줄이기 십상이다. 공평이란 말은 마음에는 적용할 수 없는 단어인지도 모르겠다. 연옥이 재신과 한솥을 대하는 자세가 다르듯, 재신도 복동과 연옥을 대하는 마음 바탕이 완전히 다르다. 다른 바탕에서 시작되는 평가가 공정할 리 없고 연옥에 대한 불만도 극히 주관적일 수밖에 없다. 세상이 달라지고 남녀에 대한 인식이 바뀌었다 해도 아내는 종종 여자의 범주에서도 벗어난다. 분명 같은 여자인 아내와 어머니는, 이름만큼 다른 대접과 평가에 감정이 시끄럽다.

재신과 연옥은 맞벌이 부부였다.

오랫동안 연옥의 노동에 빚졌음이 분명하다. 퇴직하기 전까지 몰랐으니까. 집안이란 일터가 있다는 걸. 재신은 영감처럼 밖에서만 일을 했다. 안팎을 오가며 일하는 복동과 연옥의 삶이 다르지 않고 당연했다. 집안일은 여자로 태어나면 저절로 하게 되는 고유 영역이었다. 해보지 않았기에 얼마나 강도 높은 노동인 줄도 몰랐다. 냉장고에 있는 반찬들은 우렁각시가 만들고, 이부자리는 원래 깨끗한 것이며, 옷은 서랍에 혼자 들어간 것이었다. 누군가 했지만 의식하지 못했다. 불만 없는 결혼 생활이었다. 알고 보니 착각이었다. 내가 좋으니 다 좋은 줄 알았을 뿐 상대의 불만을 몰랐던 것이다. 집안일 때문에 생긴 재신의 불만은 퇴직과 함께 태어난 신종 감정이었다.

"세상이 달라졌어."

그 말이 시작이었다. 아니 그전에도 했던 말이었다. 가사노동이니 어쩌니 하면서. 하지만 듣고 흘렸다. 출근하면 생각할 겨를도 없었지만, 마음에 새기지도 않았다. 언제부턴가 그 말도 하지 않았다.

언제부터일까.

여자가 말을 아낀다는 것이 어떤 의미인지 전혀 몰랐다. 폭탄을 차곡차곡 쌓고 있는 중이라는 것도. 재신의 불만 없는 삶은 연옥의 체념 위에 지어진 아슬아슬한 성이었다. 그것도 모르고 태평했다.

재신의 퇴직을 기다렸다는 듯 연옥은 포문을 열었다.

재신이 달라지지 않으니 자신이 달라지겠단다.

양말이 아무리 쌓여있어도 빨래통에 넣지 않으면 빨지 않았다. 설거지 짓거리를 그냥 두고 외출하기도 했다. 설거지가 되어 있는 저녁과 그렇지 않은 저녁상은 아주 달랐다. 말 없는 압박이었다. 사실 말로 여러 번 했지만 들어주지 않았다. 가사 분담을 요구받는 자체가 굴욕처럼 느껴졌다. 오기가 나서 갈아입은 속옷을 잊어버린 척 화장실에 그냥 두기도 했다. 욕조에 걸쳐놓은 속옷은 몇 날 며칠 물에 젖어 그대로 있었다. 화장실 청소를 하면서도 치우지 않았다. 화장실에 들어갈 때마다 걸레처럼 구겨진 속옷이 재신을 쳐다보았다. 몹시 거슬렸다. 연옥이 외출하고 난 어느 날 결국 제 손으로 빨래통에 갖다 넣었다. 옛날 같으면 눈에 들어오지도 않았을지 몰랐다. 하지만 집에 있는 시간이 길었고 마냥 무시할 수 없었다. 연옥 말대로 손대지 않으면 집안은 금세 엉망이 되었다. 하루 종일 집에 있다 보면 물이나 차를 마신 컵이 몇 개씩 흩어져 있었다. 나중엔 아침에 물을 마셨던 컵을 하루 종일 쓰게 되었다. 집안일에 관여하게 되니 습관이 변했다.

양보에 양보를 거듭하고 있는 나날이다. 그래도 도저히 양보가 안 되는 일이 있었다. 화장실 청소와 학교 앞에서 손자를 마중하는 일이다. 설거지를 하고 빨래를 널기도 하지만 아직 그 일은 죽기보다 싫다. '아직'이라는 말은 결국 하게 되리라는 심정의 표현일지도 모르겠다. 지금 하고 있는 일도 한때는 죽어도 못하는 일이었으니까. 이렇게 양보를 하면서 살아도 연옥 마음에 차지 않는다. 하는 일이 아무리 많아도 하지 않는 일에만 초점을 맞춘다. 오늘 찬빈을 돌보러 가면서도 한소리 했다.

"당신이 할 수 있으면 얼마나 좋아?"

연옥은 오늘 도자기 강습이 있는 날이다. 벌써 일 년이 넘었는데 열의가 식지 않는다. 늘어난 도자기가 주방을 채우고 거실로 나오고 있다. 도자기를 배우러 가는 날이면 저녁이 되어야 들어온다. 강습 시간은 오전 두 시간이면 끝인데도. 친해진 회원들과 점심을 먹고 찻집에서 수다는 떠는 일이 더 중요해졌는지도 모르겠다. 하루를 즐겁게 보낼 수 있는 날인 것이다. 하루 놀이가 사라져 몹시 섭섭했을 것이란 짐작 정도는 할 수 있다.

'당신이 죽고 못 사는 아들 집인데 당신이 가야지.'

말로는 못 하고 속으로 좀 빈정거렸다.

아침에도 한솔의 전화 받는 목소리는 비단이었다. 그런데 전화를 끊자 광목으로 변했다.

"이런 전화는 꼭 남편 시키더라."

며느리가 못마땅한 것이다. 며느리도 한의사지만 그냥 며느리일 뿐이다. 남녀평등이니 여권신장이니 떠드는 연옥도 육아는 여자 소관이라 생각하는 모양이다. 참 모순덩어리다.

***

"아직 저녁 안 먹었어?"

저녁에 귀가한 연옥은 복동이 사라진 일보다 재신이 저녁을 먹지 않은 것이 더 큰 일인 것처럼 반응했다.

명신 전화는 분명 심각한 소식을 담고 있었다. 실종이라면 더구나.

그런데 전화를 받은 재신은 어떤 생각으로 시간을 보냈을까.

연옥이 돌아올 때까지 아무런 결정도 못 하고 있었다. 평소 연옥의 빠른 결단력과 행동은 명령 같아 싫었다. 그러면서도 명령이 내려지길 기다렸던가. 그런 생각까지 하면서 시간을 보냈던 것은 아니다. 그저 습관대로 했을 뿐이다. 자신은 인정하고 싶지 않지만, 연옥이 늘 우유부단하다며 책망하던 습관.

불안과 낙관이 교차했다. 불안만이 계속되었다면 그렇게 시간을 보낼 수는 없었을 것이다. 잘 익은 벼 이삭으로 날아드는 참새 떼처럼 갑자기 몰려온 불안은 날아들 때와 마찬가지로 후드득 떠나버렸다. 그러면 곧 낙관이 찾아왔다.

어머니 일이라고 자식이 다 알 수는 없다.

어디 친한 사람 집에라도 가셨겠지.

사고가 났다면 벌써 연고지로 연락이 오지 않았겠는가.

그리고 재신은 항상 낙관에 더 끌리는 사람이었다. 그런 성향도 태평하다고 연옥한테 타박을 받지만.

"근데 도대체 그게 무슨 소리야? 어머님이 사라지다니."

그래도 곧바로 복동 문제로 관심을 돌린다. 반갑고 고맙다.

재신이 상황을 설명하려고 입을 뻐끔거리는 데 안방으로 들어가 버린다. 나이 들어 좋은 건 하나도 없지만, 이 또한 상당히 짜증 나는 노화 증세다. 말이 빨리 나오지 않는 것. 특히 명사를 많이 까먹는다. 연옥은 외출도 하지 않고 사람을 만나지 않아서 그렇다지만 그녀 또한 같은 문제로 투덜거린다. 그렇게 매일 친구들과 수다를 떨면서도 말이다.

습관을 알지만, 오늘 같은 날엔 섭섭하다. 연옥은 외출복을 입은 채로는 소파에도 잘 앉지 않는다. 옷부터 갈아입고 듣자는 것이다. 옷태를 깔끔하게 오래 유지하려면 되도록 덜 비비적거려야 한다나.

자주색 면 원피스로 갈아입고 나온 연옥은 조금 전과 퍽 달라 보인다. 이제 마누라 같다는 뜻이다. 외출복 입은 모습은 묘한 거리감이 있다. 웃기는 말이지만 꼭 '남의 여자' 같다. 순식간에 자기 여자로 돌아온 연옥을 보는 재신의 눈이 조금 웃는다.

"좀 자세히 말해 봐."

연옥이 소파에 털썩 앉으며 재신을 똑바로 쳐다본다. 집중할 때 보이는 꼭 다문 입술에 쏘는 듯한 눈빛이다. 그 얼굴을 대하자 갑자기 가슴이 두근거린다. 정말 심각한 일이 일어난 것 같다.

"명신한테서 전화가 왔는데, 어제 어머니가 안 들어오셨대."

"전화가 언제 왔는데?"

"당신 나가고 바로."

"명신 아가씨가 물론 알아볼 데는 다 알아봤겠지? 다른 소식은?"

"아직 아무것도."

"당신은 그동안 뭘 했는데?"

"으, 그냥."

"그냥?"

연옥이 눈도 깜박이지 않고 재신을 바라보았다.

"다른 소식도 없고, 아직 안 들어오셨다……."

"점심때 전화했더니 명신은 동네를 돌아다닌다고."

"노인이 밤새 안 들어오고 지금까지 소식이 없어. 그런데 여태 이러고 있었다고?"

"뭐, 우리가 모르는 친한 사람이 있을지도 모르고."

"어머니가 그런 적이 있었어? 어디 가서 주무신 적이 있냐고. 당신

참 답답하다. 자식이 돼서 어머니를 그렇게 몰라?"

연옥이 한심하다는 듯 웃었다. 분명 비웃음이지만 기분이 나쁘지만은 않았다. 오히려 이상하게 안심이 되었다. 재신을 나무라고 있지 않은가. 복동을 잘 모른다면서. 그런 연옥은 복동을 잘 알고 있고 문제를 해결할 수 있다는 말로 들린다. 아니 그렇게 믿고 싶다. 무엇보다 복동한테 보이는 반응이 뜻밖이었다.

연옥은 어머니한테 늘 냉랭했다. 웃는 얼굴로 살갑게 대해주면 얼마나 좋을까. 자신은 그러지 않으면서 연옥은 그렇게 해주길 바랐다. 아니 여자는, 더구나 며느리는 그래야 하는 게 아닌가 하면서. 지금도 그 생각은 크게 달라지지 않았다. 다만 기대를 접었을 뿐. 그렇게 관심과 애정이 없다고 생각했는데 오늘 반응은 뜨겁고 적극적이다.

"그래도 시어머니 일이라 걱정은 되나 봐?"

그 말은 정말 안 했어야 했다. 말이 끝나기도 전에 후회했지만 늦었다. 고맙다고 해야 할 타이밍에 이 무슨 망발이란 말인가. 마음과 입은 어찌 이다지도 쿵 짝이 안 맞을까. 많은 실수는 단 일 초를 기다리지 못해 생긴다.

일 초만 참았어도.

연옥은 아무 말도 하지 않았다. 말없이 몇 초를 쏘아보더니 눈길을 돌려버렸다. 쏘는 눈빛이라도 사라지자 더욱 불편해졌다. 차라리 계

속 쏘아보기라도 하지. 아님. 욕을 하든지. 연옥이 벌떡 일어나 안방
으로 사라지는데 재신은 자기 입을 꿰매고 싶었다. 연옥이 다시 나와
서 재신 앞에 우뚝 설 때까지 불과 몇십 초. 그 짧은 시간이 물도 없이
사막에 홀로 서 있는 기분이었다. 그래서 연옥이 찬바람을 일으키며
서 있는데도 살벌하게 반가웠다. 저절로, 명령만 내리십시오, 하는 마
음이 되었다.

"지금 당장 고향으로 내려가."

"으?"

"우선 직접 가서 자세한 이야기도 듣고, 찾아 나서든지, 실종신고
를 하든지. 이런 일은 혼자서 결정 내리기 힘들어. 일단은 얼굴 보고
의논하는 게 먼저야. 난 내일 아침에도 찬빈이 보러 가야 되니까 당신
먼저 내려가. 급한 대로 정리하고 곧 따라갈게."

"알았어."

"저녁은 가다가 휴게소에서 해결하든지."

"걱정 마."

땅거미가 내리는 거리를 달렸다.

어머닌 도대체 어딜 가셨을까.

그제야 자신이 참 바보 같았다고 책망한다. 전화를 받고 바로 내려

갔어야 했다. 바쁜 일이 있었던 것도 아니고. 생각할수록 한심하다. 후회가 깊어질수록 어둠도 짙어진다. 막연한 그리움이 가슴으로 차올랐다.

아무도 모른다

하늘엔 별이 총총하다.

똘이는 호미 곁에 앉아 있다. 복동의 냄새가 가장 진한 곳이다. 이제 복동은 옛날 모습이 아니다. 분명히 있지만, 어디에도 없다. 느낌만 남았을 뿐 몸에 닿는 감각이 없어진 것이다. 머리와 등을 쓰다듬던 묵직하고도 부드러운 감각이 끊어졌을 때의 허전함. 그때 기억이 되살아날 때마다 똘이는 낑낑댄다. 이제 그 소리도 소용이 없어졌다. 신호를 보내도 복동은 나타나지 않는다. 한 번 사라진 사람은 다시는 돌아오지 않는다는 것을 알아가고 있다. 대문으로 나간 사람은 돌아와도 그냥 사라진 사람은 돌아올 수 없다. 복동은 걸어서 대문을 나가지 않았다. 그런데 명신은 복동을 찾으러 대문 밖으로만 나갔다. 몇 번을 들락거리면서도 밭에는 두 번 다시 오지 않았다.

복동은 밭에서 사라져 밭에 남았다. 그리고 똘이는 그 집에 홀로 남았다. 눈앞에서 사라지고 있었지만 보고만 있었다. 무슨 일이 일어나고 있는지 알 수 없었다. 복동이 그 자리에서 희미해지는 건 처음이었다. 사라질 줄 알았다면 옷자락이라도 물고 놓지 않았을 것이다.

몹시 조용했다. 호미질이 그날따라 느렸다. 그래서 소리도 없었다. 똘이는 어떤 일렁임에 넋이 빠져있었다. 복동이 앉은 자리에 안개 같은 것이 일렁였다. 엉덩이에서 시작된 안개는 바람에 흔들리는 불꽃처럼 위로 올라갔다. 안개가 아니라 불길인지도 모르겠다. 푸르스름한 빛을 내는 불꽃이 지나간 자리가 희미해졌다. 정말 불길에 타고 있는 종이 같이 복동이 사라지고 있었던 것이다. 처음 보는 광경에 똘이는 얼어붙었다. 복동이 똘이를 부르기라도 했으면 달라졌을까. 달려가 막을 수 있었을까. 그럴 리는 없었다. 밭에 앉은 복동은 똘이를 보지 않았다. 얼굴을 잠깐 돌리긴 했지만 똘이를 본 건 아니다. 그렇다고 땅을 보는 것 같지도 않았다. 호미질은 느리고 이상했다. 흙이 아니라 잎을 건드렸다. 그러니 더구나 조용히 앉아 있을 수밖에 없었다. 가끔 복동이 그런 행동을 보일 때가 있었다. 더 오래전에는 자주 그랬다. 밭에 앉아 있지만, 호미질을 하지 않았다. 호미 끝이 땅에 닿은 채 꼼짝하지 않았다. 이상해서 짖었다. 반응이 없어 몇 번이나 짖었다. 마침내 복동이 고개를 돌렸을 때 똘이는 몹시 당황했다. 보고 있지만 보지 않았던 것이다. 눈길이 닿지 않았다. 허망한 눈길이었다. 아픈 감각이라 잊히지 않았다. 그래서 그런 낌새가 있을 땐 조용히 지켜보기만 했다. 그날도 그랬던 것이다. 더구나 안개 같은 불꽃에 완전히 혼이 나갔다. 푸르스름하고 고운 불꽃이 야금야금 복동을 잠식해 들어가고, 호미가 땅에 툭 떨어질 때에야 정신이 돌아왔다. 복동이 완전히 사라지고 없었다. 그제야 꿈에서 깨어난 듯 밭으로 뛰어들었다. 주인의 냄새가 진동하는 밭에는 호미만 덩그러니 남아 있었다. 그리고 똘이 홀로 그 집에 남았다. 밭을 샅샅이 냄새 맡으며 돌아다녔다. 마당도 구석구석 살폈다. 어디에도 복동은 없었다. 마당을 몇 번 돌다 다시 밭으로 돌아오곤 했다. 어디에나 복동의 냄새가 있지만, 어디에도 복동은 없었다. 그래도 호미 곁에 앉으면 좀 안정되었다. 해가 지고 밤이 되었다. 하늘을 향해 짖어 보았다. 아무도 대답하지 않았다. 호미 곁에서 밤을 보냈다. 그날 밤에 비가 내렸다.

다시 밤이 왔다. 똘이는 늘 자던 잠자리를 두고 한데서 사흘째 밤을 보낸다. 명신이 돌아왔지만, 아무것도 달라지지 않았다. 복동이 어디에 있는지 알아채지도 못했다. 어떻게 해야 할까. 어둠이 짙어진 밭은

적막하다. 똘이는 귀만 쫑긋거리며 앉아 있다. 오직 대문 밖 소리에
온 신경이 가 있다. 다른 사람이 오고 있다.

6.

사람 사는 모습은 비슷하다.

어쩌면 살아 움직이는 동물이 다 그런지도 모르겠다.

끊임없이 움직이고, 먹고, 쉬고, 궁극적으로 미래의 생명을 잇는다
는 점에서.

사람도, 그저 동물이려니 하고 살았다면, 인류는 현재 어떠한 모
습으로 존재할까. 그랬다면 지금 인류 앞에 닥친 모순과 갈등도 없
었을까.

좀 더 편리하게, 좀 더 즐겁게, 좀 더 돋보이게, 좀 더 가지려고 하
는 인류.

다른 동물과 차원이 다르다는, 특별하다는, 아니면 특별해야 된
다는,

나아가 더 많은 사람의 인정과 사랑을 받고 싶어 하는 의식.

인류가 안고 있는 문제는 결국 이러한 과잉 의식에서 온 것이 아닐까.

그런 의식이 없었다면, 경쟁도, 자본의 축적도, 자격지심도, 빈부의 차도, 전쟁도, 심지어 갑질도 없었을 것 아닌가. 그랬다면 현재 누리고 있는 문명과도 멀어졌을지 모르겠지만.

하여튼 사람도 동물이라 삶을 유지하는 방식은 참으로 비슷한데, 그 속에 든 정신이나 생각은 많이 다르다. 이것이 동물과 사람의 생활 방식을 가른 커다란 차이가 아닌가 싶다. 한 마디로 사람 마음은 참 복잡하다는 것이다.

같은 아버지와 어머니 자식인 사 남매 속도 각기 다르다. 비슷한 점을 찾자면 또 많겠지만 인간의 마음만큼 미묘한 차이를 드러내는 존재도 없어 보인다. 그래서 문복동과 김영감의 막내, 아신이 품은 생각이 또한 다르고 궁금하고 흥미롭다.

***

복동이 전화를 받지 않았다.

'이 시간에 어딜 가셨을까.'

신경이 쓰였지만 잠깐이었다. 그러려니 했다. 살아 움직이는 사람이 전화를 못 받을 일은 얼마든지 있다. 더구나 복동의 전화기는 방에 묶여 있다. 휴대 전화가 아니다.

'화장실에라도 가셨나?'

평소라면 안방에 있을 시각이긴 했다. 이른 저녁을 먹고 설거지도 끝냈을 때였지만 방엔 없었다. 그리고 아신은 그날 더 이상 전화를 하지 못했다. 야간 수업이 있는 날이라 곧바로 집을 나갔고 돌아왔을 땐 전화하기엔 너무 늦었다.

하루 종일 움직이는 복동은 일찍 잠들었다. 해가 짧은 겨울엔 여덟 시도 한밤중일 때가 있었다. 그래서 안부 전화는 되도록 그 시각을 넘기지 않았다. 긴한 일도 없이 단잠을 깨우는 것은 명분 없는 행위다. 안부를 묻는답시고 도리어 혼비백산시키는 짓이 아닌가. 곤한 잠에 빠졌을 때 울리는 전화벨이 얼마나 폭력적인지 안다면 그러면 안 되는 것이다. 복동이 한사코 괜찮다고, 잠이야 다시 자면 된다고 하지만, 부모가 하는 말을 액면 그대로 받아들이는 자식이야말로 효자 놀이에 빠진 어린애라 생각하는 아신이다.

부모도 사람이다. 내가 겪기 싫은 일은 부모도 마찬가지로 싫다. 자식이라 받아주는 것이지 진정 괜찮다는 뜻은 아니다. 그런데 사회적 관계 속에선 눈치 빠르게 처신하는 사람도 부모 앞에선 마냥 무신경

하다. 부모한테까지 신경 곤두세우고 어떻게 사느냐고 항변하는 사람만큼 무책임한 사람이 있을까. 그게 신경을 곤두세울 일이던가? 그냥 신경 쓰고 싶지 않다는 말로 들린다. 어른으로서 부모를 대하란 뜻이란 걸 정말 모르는 걸까. 더 이상 어린 자식이 아닌 성인으로 부모를 보면, 그 존재와 노고가 제대로 보인다. 그건 신경을 곤두세울 일이 아니라 예의를 갖추는 일이다. 그걸 하지 않겠다는 말은 마냥 어리광을 부리겠다는 뜻이다. 글쎄, 아무리 부모라도 다 큰 어른의 어리광이 한없이 귀여울지는 모르겠다. 나날이 노쇠해지는 몸과 마음이 흔쾌히 감당해낼 수 있을지.

밸리 댄서인 아신은 요즘 절감하고 산다. 복동에 비하면 한참 젊었지만 쉰이면 육체적 전성기는 벌써 지났다. 몸이 재산인 직업이니 더욱 예민할 수밖에 없지만, 건강에 자신 있었던 아신도 여기저기 고장이 나고 자주 아프다. 많이 쓰는 관절은 더하다. 젊었을 땐 쓸수록 단련되던 곳들이 이젠 골병으로 나타난다.

늘 괜찮다는 복동은 정말 괜찮을까. 하루 종일 몸을 움직이며 사는 것이 증거가 될까. 도리어 반대가 아닐까. 손 놓고 있으면 아프지 않은 곳이 없을 것이다. 평생 고된 농사일이며 집안일에 몸을 놀리지 않고 살아왔다. 무리가 가지 않은 곳이 있을까. 아프지 않다면 이상하다. 아흔이란 나이를 생각하면 더구나. 차라리 일을 하며 잊어보자는 심정이리라. 아신도 춤을 출 때는 잊어버린다. 수업이 많았던 다음 날엔 흠씬 두들겨 맞은 듯 몸이 아프고 무겁다. 과하지 않으면 좋겠지만 직업이 되면 그럴 수도 없다. 그래도 수업을 시작하면 어느새 통증은 밀려난다. 음악이 흐르면 알아서 미쳐주는 자신의 몸이 기이할 때도 있다.

　장거리 여행지에서 청바지를 손으로 빨았던 적이 있었다.
　겨우 바지 하나를 비누질하고 비비고 헹구고 짜서 널고 나니 힘이 쪽 빠졌다. 침대에 털썩 드러누워 숨을 고르다가 울고 말았다. 어머니 생각이 났다. 청바지 하나도 이렇게 힘이 드는데, 복동은 어린 자식을 다 키울 때까지 세탁기도 없이 살았다. 그 많은 식구 빨래를 혼자 감당한 것이 거짓말 같았다. 갑자기 효녀가 된 반성의 눈물이라면 참 고상하겠지만 그게 전부는 아니었다. 야심 차게 혼자 떠난 배낭여행이 좀 고달팠던 것도 한몫했다.
　여행을 떠난 지 보름이 넘어갈 즈음이었고 소화불량으로 며칠 고생하고 난 뒤였다. 베트남 음식이 입에 너무 맞았던 게 도리어 문제가 될 줄은 몰랐다. 여행 체질이라며 맛있게 먹기도 했지만 과하다 싶게 먹었다. 여행지에선 아프면 안 된다는, 그래서 잘 먹어야 한다는 강박감이 작용했기 때문이다. 과식으로 피곤해진 위장이 결국 모든 음식을 거부했을 때에야 잘못된 사태를 알아챘다. 가장 우려했던 일을 자초한 것이나 마찬가지였다. 어리석음을 탄식하며 약을 먹고 절식하면서 며칠을 보냈다. 타국에서 홀로 앓는 일은 참 서글픈 일이었다.

회복되어 다시 여행을 시작한 첫날, 비를 만났다. 주변에 건물도 없는 흙길이었다. 어디 피할 데도 없어 흠뻑 젖었는데 하필 청바지였다. 바지는 흙탕물까지 튀어 엉망이었다. 그동안 발수 기능 바지를 잘 입고 다니다 왜 그랬는지. 그냥 말릴 수가 없을 지경이라 숙소로 돌아와 빨았다. 속옷이나 손수건을 손빨래한 경험으로 가볍게 덤볐다. 그런데 막상 물에 담그니 얼마나 뻣뻣하고 큰지 좀 놀랐다. 그래도 어쩌랴. 이미 바지는 물에 들어갔고 되돌릴 수 없었다. 맑은 물이 될 때까지 몇 번이나 헹궜던가. 탈수는 더 힘들었다. 젖 먹던 힘까지 다해 물기를 짜는데 숨까지 찼다. 맙소사, 춤을 추면서도 겪지 못했던 노동 강도였다. 체력이 완전히 돌아오지 않았던 탓도 있었다고 생각한다. 무겁게 늘어진 바지를 널고는 그대로 침대에 쓰러지듯 누워버렸다.

천장을 보고 가만히 누워있자니 배가 고팠다. 그리고 온갖 생각이 한꺼번에 밀어닥쳤다. 복동의 잣죽이 떠오르고 어느새 울고 있었다. 그렇게 맛있게 먹었던 현지 음식은 하나도 생각나지 않았다. 알고 보면 손빨래를 했던 복동의 노고 때문이 아니라 괜히 서러워졌던지도 모른다. 타국에서, 홀로, 며칠을 앓았고, 배까지 고파서. 그런데 그런 이유로 울었다고 차마 인정할 수 없었는지도.

한참 동안 눈물이 흐르게 그냥 두었다. 어차피 쉬려고 누웠으니 두 가지 일을 수행한 셈 쳤다. 반성과 휴식.

아이들이 얼마나 옷을 자주 버리는지 안다면, 그 노고를 조금은 짐작할 수 있을까. 그런데 짐작하는 것만으로 사람이 변할까. 행동의 변화까지 가져올까. 그 행동이 누군가에게 닿아 온기가 되어 줄까. 글쎄, 짐작 정도로 사람을 변화시킬 순 없다는 데 자신 있게 한 표를 던진다. 사람은 변하기 어렵다. 초인적인 의지를 가진 사람이라면 모를까. 죽음의 문턱에 갔다 온 사람이 다시 태어난 것처럼 변했다는 사례는 있다. 목숨을 잃을 정도의 엄청난 경험이 있어야 가능하다는 반증이다. 그조차 어디까지나 가능성이지 흔한 일은 아니다. 그래도 너무 절망하지 말자. 적어도 경험은 반성을 낳는다. 내적인 성장은 하는 것이니 행동의 변화를 기대해 볼 수도 있지 않을까.

손빨래 경험이 아신의 마음을 흔들었다.

복동이 했던 이야기들이 그제야 생생하게 다가온 것이다.

고향 집에 세탁기를 들여놓았을 때였다. 당시 세탁기는 세탁조와 탈수조가 분리되어 있었다. 세탁이 끝나면 세탁조에 있는 빨래를 건져 탈수조에 넣고 탈수를 시켜야 했다. 지금은 그것조차 불편하다고 하겠지만 탈수만 해주어도 기적 같았다. 이불같이 큰 빨래는 탈수가 더 큰 일이었기 때문이다. 그런데 세탁도 알아서 하고 바짝 물기까지 짜주니 얼마나 신통방통했을까. 복동은 세탁이 끝난 빨래를 널면서 그렇게 감탄했다.

"일도 아니다. 이 큰 걸 손으로 짜려면 어림도 없는데, 다 말라서 나오다니. 한겨울엔 꽁꽁 언 냇물에서도 했는데. 아이고, 참말로 세상 좋다. 빨래가 일도 아니다."

복동이 그렇게 구구절절 감탄을 해도 그러려니 했다. 빨래를 널 때마다 같은 이야기를 했으니 그야말로 옛날이야기 듣듯 했던 것이다. 학창 시절, 아무런 경각심도 일으키지 못했던 '불조심' 패찰처럼. 겨우내 '불조심'이란 패찰을 가슴에 달고 다니면 '불조심'이 평범한 일상이 되어버리듯, 복동의 '감탄'도 평범하게 흘러갔던 것이다.

하긴 와 닿지 않은 이야기가 그것뿐이었을까.

전에는 흘려들었던 말들에 새삼 고개가 끄덕여진다.

그래서, 살아갈수록 복동의 삶과 마음에 가까워지는 기분이다.

***

다음 날엔 전화를 하지 못했다.

'못했다.'라는 표현 속엔 '변명'이 숨어 있다. 안 한 것이 아니라 못한 것이라는. 아신이 그러한 사실을 감지하고 있을까. 누구나 비판은 쉽고 반성은 어렵다. 그래서 언제나 타인보다 자신한테 더 너그럽다. 하지만 핑계인지 해명인지 아직은 모르겠다. 판단을 미루고 사정을 들어나 보자. '들어나 보자.'는 사람이 사람한테 할 수 있는 최소한의 아량이다. 상대의 입을 아예 틀어막아 버림으로써 자신의 주장을 관철시키는 짓은 가장 저열한 지식인 흉내 내기 아니던가.

아침부터 하루 종일 공연 연습이 있었다.

저녁에는 공연단과 회식을 했다. 집에 돌아오니 열 시가 넘었다. 복동이 생각났지만, 너무 늦은 시각이었다. 이틀 연이어 통화를 못 해 궁금하긴 했지만, 걱정은 하지 않았다. 그리고 명신이 고향 집에 내려온 뒤엔 더구나 그런 불안은 없었다. 그 전엔 넓은 집에 복동 혼자라는 사실만으로도 불안했다. 나이를 생각하다 가슴이 철렁할 때도 많았다. 전화를 안 받으면 혼자 나쁜 망상에 시달리다 한밤중에 달려가기도 했다. 명신이 내려온 뒤로 그런 '생쇼'는 없어졌지만, 통화는 매일 하는 것을 원칙으로 삼았다. 그런 습관이 오히려 걱정을 하게 만들었는지도 모르겠다. 아신이 전화를 빼먹은 날엔 복동이 궁금해한다는 것도 알고 있었다. 사람 관계는 상대적이라 오빠나 언니의 무소식은 희소식이라 여기면서도.

그래도 복동은 대놓고 내색하지 않았다.

통화를 못 한 다음 날 전화하면 늘 대답이 같았다.

"전화 기다렸어요?"

"하나도 안 기다렸다. 바쁜 일 있나 보다 했지."

물론 그 말을 그대로 믿지 않았다.

'기다렸지만 네가 아무 일 없었으면 괜찮다.'는 뜻이니까.

오늘이 어제 같은 날이 계속되면 감각도 그렇게 되는 모양이다.

그래서, 오늘의 다른 감각도 어제와 같다고 치부해버리는 지도.

아신은 복동이 전화를 받지 않았던 그날의 감각을 기억하고 있다. 평소와 분명 달랐던 감각. 전화 저편에 흐르던 어두운 적막을.

보이지 않는 방은 캄캄했다.

그 시각이면 안방에 불이 환하고 텔레비전이 켜져 있을 때였다.

복동이 수화기를 들면 텔레비전 방송 소리가 먼저 들렸다. 수화기를 든 복동의 손이 귀까지 가는 데 몇 초가 걸리기 때문이다. 아신은 복동의 동작을 상상으로 볼 수 있었다. 전화벨이 울리면, 텔레비전 옆 작은 탁자에 놓인 전화기까진 기다시피 앉은걸음으로 가실 것이고,

마음이 급하니 엎드린 채 수화기를 들 것이고, 수화기를 들고 나서 엉덩이를 방바닥에 대고 앉을 것이고, 그다음에 수화기를 귀에 갖다 댈 것이었다. 그래서 복동의 '여보세요.'가 들릴 때까지 텔레비전에서 내보내는 소리가 아신을 미리 마중했다.

복동의 행동을 떠올리며 기다리는 시간이 아신은 참 좋았다. 안방 풍경이 환하게 그려지는 그 시간이. 가끔 복동이 전화를 받지 않는 날이 있다. 화장실에 갔거나 주방에 일이 있어 자리를 비운 때이다. 그럴 때면 벨 소리를 외부로 설정해놓고 기다려본다. 신호음만 들릴 때도 안방 풍경이 떠오른다. 텔레비전이 홀로 돌아가고 있는 불 켜진 방이. 잠시 후 복동이 급하게 방으로 들어서는 모습까지도. 물론 마음만 급했지 몸은 나무늘보다.

그런데, 그날은 아니었다.

신호음이 울리는 그곳엔 아무도 없었다. 텔레비전 소리도, 전등 불빛도, 그리고 복동도. 그런데도 아신은 그날의 달랐던 감각을 일상의 감각으로 덮어버렸다.

바쁘다는 핑계는 가장 쉽고 흔하며 속이 빤히 보이는 거짓말일 수 있다.

'하기 싫어요.'의 다른 표현일 지도 모른다. 아무리 바빠도 사랑을 하고, 아이를 낳고 키운다. 물론 그것만큼 바쁜 일도 없겠다. 단연코 인륜지대사임에 틀림없다. 어찌하였든 사람은, 정말 하고 싶은 일 앞에선 바쁘다는 핑계를 대지 않는다. 악착같이, 더욱 필사적으로 시간을 만든다. 그것이 여행이든, 취미든, 돈을 버는 일이든, 사랑이든.

아신이 그날 바쁘지 않았던 건 아니다. 적어도 한가하진 않았다. 공연 연습은 오전 열 시에 시작해 오후 네 시에 끝이 났다. 중간에 한 시간가량 점심을 먹으면서 쉬었다. 연습이 끝난 뒤에는 차를 마시며 잡담을 하다 다섯 시가 넘어 회식을 하러 나갔다. 회식은 회의가 아니니 얼마든지 시간을 낼 수 있다. 화장실에 다녀올 시간이면 전화 한 통화쯤 충분히 할 수 있었다. 만약 사귀는 사람이 있었다면, 기다리는 자식이 있었다면, 챙겨야 할 직장 업무였다면, 그래도 통화할 시간이 없었을까.

＊＊＊

"핑계였어."

전화를 끊고 나서 아신은 중얼거렸다.

안방 전화를 명신이 받았다. 그런 일이 좀처럼 없었으니 우선 놀랐다.

복동과 명신은 한집에 살면서도 전화는 따로 썼다. 세상은 그렇게 변했다. 안방에 공주처럼 모셔져 있는 한 대의 전화기에 온 식구가 목매던 때가 있었다. 불과 한 세대도 지나지 않았지만, 전설처럼 생각되니 놀랍다. 복동은 휴대용 전화라는 신문물 이용에 실패하고 유선 전화를 독차지하는 걸로 전화기 독립을 이룬 셈이다. 일찌감치 시도를 해보았지만 포기해야 했다. 우선 휴대폰을 들고 다니는 것에 익숙해지지 않았다. 외출했을 때 유용한 휴대폰은 늘 안방 전화기 옆에 같이 있었다. 그리고 충전을 해야 된다는 사실도 까먹었다. 이래저래 무용지물이 된 채 기본요금만 들어갔다. 당사자는 답답해하지도 필요하지도 않은 물건이었다. 결국 시도했던 아신이 포기하고 결자해지했다.

안방 전화는 어디까지나 복동 전용.

전화기가 울려도 명신은 받지 않았다. 어차피 복동한테 온 전화라는 걸 알기 때문이기도 하고 건넌방에서 일부러 뛰어올 명신도 아니었다. 명신 습관을 잘 아는 아신이 놀란 건 당연했다. 대번에 어떤 불상사를 직감했다. 상대가 말을 하기도 전에 이미 불안했다. 이어진 명신의 설명은 예감을 비껴가지 않았다.

서울서 막 내려왔다는 것. 도착했는데 아무도 없었다는 것. 재신 오빠도 복동의 행적을 모른다는 것. 집에서 입던 옷이 걸려있지 않다는 것. 그러니 멀리 외출한 것은 아니라는 것. 안방을 살피던 중에 전화기가 울려 받았다는 것.

들을수록 걱정이 커지는 설명뿐이었다.

둘이 한참을 이야기해도 묘안은 없었다. 명신은 우선 동네를 한 바퀴 돌아봐야겠다고 했다. 다시 연락하자며 전화를 끊었다. 이미 어두워지고 있었다.

어제 하루 복동의 행적을 아는 자식이 없었다.

'어제는 집에 계셨을까. 아니 그저께는?'

명신은 그저께 아침에 집을 비웠다. 은수 이사를 도운다며 올라간다고 했다. 그런데 명신이 집을 비운 그날 저녁에도 복동은 전화를 받지 않았다. 그날은 집에 계셨던 걸까. 어제 전화를 하지 않았던 후회가 가슴을 친다. 어제라도 통화가 되었다면 이다지 불안하진 않을 것이다. 오늘은 볼일을 보러 나가셨겠지, 일이 좀 늦나보다 할 수라도 있다. 하지만 어제 행적을 아무도 모르고 그저께도 장담할 수 없게 되었다. 그렇다면 복동이 사라진 지 사흘째 된다는 말이다.

이게 무슨 일인가.

명신 말대로라면 복동은 집에서 입던 옷 그대로 사라졌다. 그리고 슬리퍼도. 집에서 입던 옷을 입고 집에서 신던 신을 신고 나갔다는 말이다. 잠깐 시장에나 다녀올 복장으로 이렇게 오래 집을 비울 리는 없지 않은가.

날이 완전히 어두워졌다.

저녁을 대충 먹고 다시 전화를 했다. 습관처럼 안방 전화로 했지만 받지 않았다. 명신의 휴대 전화로 다시 했다. 명신은 동네를 돌아다니고 있었다. 전화를 받는데 짜증이 섞여 있었다. 더 이상 전화만 하고 있을 수는 없었다.

진작에 일어났어야 했는데.

왜 항상 후회는 뒤늦게 할까.

미쳤네. 뒤늦었으니 후회지.

아신은 두서없는 자책을 하며 서둘러 옷을 입었다.

차를 몰고 가며 빌었다. 가는 중에 복동이 집에 와 있기를.

쉬지 않고 달리면 한 시간도 걸리지 않는 거리다.

그날 가봤어야 했는데. 전화를 받지 않았던 그날, 이상한 정적이 감지되던 날. 그 감각에 몸을 맡겨야 했다. 춤을 출 때처럼. 그래야 했는데. 왜 무시했을까.

집이 가까울수록 기도하는 마음이 된다.

기도는 간절한 소원으로 변한다.

간절할수록 이루기 어렵다는데.

어렵기 때문에 더 간절해지는지도 모르겠다.

골목에 차를 세웠다.

수십 년에 걸쳐 조금씩 변해 온 골목. 원래는 차도 들어오지 못하는 길이었다. 좁은 골목이었다가 소방도로가 나고, 도로를 따라 가게가 들어서고, 단독 주택이 다가구 주택으로 변해간 거리. 이젠 더 이상 골목이 아니지만 아신한테는 여전히 골목으로 남아 있다. 그 골목에서 놀고 골목을 지나 학교에 다니고 밤에는 아버지가 마중을 나왔던 곳이다. 큰 도로에서 그 길로 들어서는 순간 어린 시절이 영화장면처럼 나타나곤 한다.

진짜 골목은 도로에서 대문까지 불과 십 미터도 안 된다. 소방도로가 고향 집 바로 옆을 지나간 것이다. 운이 좋았다고나 할까. 영감과 복동이 도시 계획을 미리 알고 집을 산 것은 아니니 운이 좋았던 건 사실이다. 아니 덕분에 이사를 간 사람들이 더 잘된 걸까. 모르겠다. 하지만 당시엔 식구들 모두 다행이라며 좋아했다. 특히 복동이. 이미 살던 터를 한 번 떠나 본 복동은 다시는 어디로 떠나고 싶어 하지 않았다. 더구나 알뜰살뜰 가꾸던 텃밭과 마당을 두고.

보상금을 받고 이사 간 이웃은 지금은 어디에서 어떻게 살고 있을까.

다들 잘살고 있겠지.

복동과 가까이 지내던 새댁이 있었다. 그녀는 자식이 없었다. 복동이 새댁이라 불렀지만, 나이는 복동보다 불과 몇 살 적었던 것 같다. 새댁은 자주 놀러 왔다. 올 때는 늘 아신이 좋아할 만한 먹을거리를 들고 왔고, 갈 때는 텃밭에서 나는 것을 얻어가곤 했다. 아신도 새댁이 좋았다. 아신을 귀여워했고 집에선 맛볼 수 없는 특별한 음식을 들고 왔다. 카스텔라를 자주 구워왔는데, 가게에서 파는 것과 똑같이 만들었다. 새댁 집도 도로에 들어가 헐리게 되었다. 이사 갈 때 복동의 손을 잡고 많이 울었다. 자주 놀러 오겠다며 떠났던 새댁은 딱 한 번 놀러 왔다. 낮에 왔다 가서 아신은 보지 못했다. 학교에서 돌아오니 카스텔라가 있었고 다녀간 줄 알았을 뿐이다. 가끔 전화로 안부를 주고받는 건 알았다. 전화를 끊을 때는 한번 보자고 했지만 오지 않았다. 떠난 사람은 다시 오기 힘든 모양이었다. 언제부턴가 통화도 하지 않는 것 같았다. 보지 않으면 할 말도 없어지는지 모르겠다. 그래도 복동은 아직도 뜬금없이 새댁 이야기를 한다. 잘살고 있는지 궁금해하면서도 전화 걸 생각은 하지 않는다. 무소식을 희소식으로 삼고 싶은지도 모르겠다. 하긴 서로 희소식만 전하기 쉽지 않은 나이다.

낑낑대며 대문을 발로 치는 소리가 들린다.

똘이의 마중이다. 똘이는 집에 오는 손님을 귀신같이 알고 있다. 골목 어귀에 주차를 할 때부터 짖는다. 짧은 골목을 걸어 들어가면 대문을 발로 치면서 낑낑 소리를 낸다. 복동이 나올 때까지. 복동이 나오면 마당을 뱅뱅 돈다. 참 부지런한 개다. 잠시도 가만있지 않겠다는 듯 똘이는 마당을 뛰고 복동은 걸음을 서두른다. 환상의 짝꿍 덕분에 벨을 누를 필요도 없이 대문이 저절로 열린다. 사실은 안에서 일어나는 일이 보이는 것 같으니 부러 서 있는 것이다. 복동이 똘이를 부르며 알았다고 하는 소리, 마루 문이 열리는 소리, 급하게 슬리퍼가 끌리는 소리. 들리는 소리만으로도 보는 것보다 더 훤한 집안 풍경이다.

'제발 열려라.'

기도하는 마음으로 주문을 건다.

아신은 일부러 천천히 걷는다.

아무리 천천히 걸어도 금방 대문 앞이다. 오늘따라 더 짧다.

대문 앞에 섰다. 복동은 없다.

눈물부터 났다.

정말 일이 났구나.

똘이가 대문 치는 소리만 어둠 속에 퍼진다.

엄마, 어디 계세요

누가 온다.

똘이 귀가 화들짝 놀란다.

익숙한 소리. 막내 차가 도착했다.

아신이란 이름을 두고 복동은 늘 막내야, 라고 부른다.

밭 가운데 자는 듯 엎드려 있던 똘이가 벌떡 일어나 대문으로 달려
간다. 달려가면서 컹, 복동이 들을 수 있도록 짧고 크게 짖는다. 소리
는 한 번이면 족하다. 해가 진 뒤에는 여러 번 짖지 않는다. 그랬다간,
그만, 이란 소리를 듣는다. 대문으로 달려갔지만 마루 문은 열리지 않
는다. 막내가 오는구나, 하고 나와야 할 복동은 없다. 그래도 똘이는
하던 대로 한다. 마루 앞에서 몇 번 제자리를 돌고 대문을 친다. 아신

은 벌써 대문 앞에 서 있다. 똘이는 이제 어떻게 해야 할지 모른다. 해야 할 일을 다 해버렸다. 똘이와 아신은 대문을 사이에 두고 한참 있었다.

드디어 명신이 나와 대문을 열었다.

똘이는 이 집에 오래 살았지만, 대문을 열 수 없다. 그 일은 누군가 다른 사람이 해야 하는 일이라는 걸, 이제야 알았다. 아니, 대문을 열어주는 일에 대해 생각해 본 적이 없었다. 그런 생각을 할 필요가 없었다. 손님이 오면 복동과 같이 맞이했다. 똘이는 짖고 복동은 대문을 열었다. 그렇게 당연했던 일이 어긋나고 있다.

어긋난 일은 거기에서 끝나지 않았다. 아신도 복동을 찾으러 밭에는 오지 않는다. 큰일이 난 것처럼 와서는 명신과 집 안으로 들어가 버렸다. 복동은 밭에서 사라진 후 아직 거기 있다. 똘이가 큰맘 먹고 아신을 향해 짖었지만, 머리만 쓰다듬었다.

아신은 자주 왔다. 해가 있을 때 오면 복동은 대개 밭에 있었다. 차소리를 먼저 들은 똘이가 짖으면 복동은 흙을 털고 일어나 문을 열었다. 아신은 가방만 마루에 던져두고 텃밭에서 같이 시간을 보냈다. 복동은 밭에서, 아신은 밭 가장자리에 앉았다. 그럴 때면 똘이도 아신 옆에 엎드려 있었다. 어차피 밭에 들어가면 쫓겨나기 때문이었다. 마구 뛰고 싶지만, 밭에선 금지였다. 그런데 밭에만 들어가면 뛰게 되었다. 흙이 발밑에서 부서지는 감촉이 좋아 자꾸 움직이고 싶었다. 복동이 싫어하는 짓을 하지 않으려면 아신 옆에 있는 것이 답이었다. 아신은 똘이 머리를 쓰다듬으며 복동과 이야기를 했다. 복동의 손길만큼 익숙한 손길이다. 그런 시간이 좋았다. 하지만 아신은 오늘 바로 집 안으로 들어갔다. 복동이 밭에 있는데도.

고요한 밤.

시간이 흘렀다.

똘이는 무얼 해야 할지 몰랐다.

마루 문소리가 났지만 뛰어가지 않았다. 명신이 밖으로 나갔는지도 모른다. 그래봤자 복동을 찾을 수 없다. 그런데 가까워지는 발소리. 아신이 밭으로 오고 있다. 똘이가 벌떡 일어났다. 걸어오던 아신이 그 자리에 우뚝 선다.

왜 그럴까.

아신은 가만히 서서 허공을 바라본다.

똘이도 그대로 서서 같은 곳을 응시한다. 둘 사이엔 어둠뿐이다.

"똘아, 왜 거기에 있니?"

소리가 들린다. 이제야 똘이를 본 모양이다.

"너도 엄마 기다리는구나."

아신은 천천히 걸어와 밭 가장자리에 앉는다. 늘 앉던 자리다. 드디어 알아냈구나. 막내는 아는구나. 복동이 있는 곳을. 흥분한 똘이가 꼬리를 흔들며 아신 옆으로 간다. 하지만 반응이 이상하다. 그냥 앉아서 밭만 바라보고 있다. 똘이 머리를 쓰다듬으며 앉아만 있다.

아신은 한참을 앉아 있다 돌아갔다.

어두운 밭을 향해 같은 말만 계속했다.

그러는 동안 꼼짝도 할 수 없었다.

숨도 쉬면 안 될 것 같이 공기가 무거웠다.

"엄마 어디 계세요."

아신이 떠난 후에도 그 소리가 오래 밭을 떠돌았다.

7.

은수는 어머니, 명신 편이었다. 부모가 이혼을 하기 전까지는.

어머니와 둘이 살게 된 후, 이랑이 한 말이 생각났다. 남자는 강한 자 편에 서고 여자는 약한 자 편에 선다면서, 은수가 전적으로 명신 편을 들면 고개를 갸웃했다. 말하자면 명신이 약자로 보여 무조건 편을 든다는 것이다. 그때는 콧방귀로 대꾸했는데 이젠 그럴 수 없게 되었다. 날카로운 지적이었다.

　이랑은 은수와 어릴 때부터 친하게 지냈다. 같은 나이라는 동류의식이 작용했는지도 모르겠다. 이야기가 잘 통한다고 생각했는데 그 말을 했을 땐 실망했다. 사실 화도 났다. 아무려면 자식보다 부모를 잘 알까 싶었던 것이다.

　하지만 자식이 부모를 더 잘 아는 것도 아니었다.

　성신의 자살은 단순히 불행한 일로 끝나지 않았다. 큰 나무가 뿌리째 뽑혀 나간 구덩이 주변처럼 많은 것이 크게 흔들렸다. 한 치 사람 마음을 모른다고 하더니, 알지 못했던 어두운 면이 드러나기도 하고 믿었던 것이 뒤집히기도 했다. 그 과정에서 보인 이랑과 사랑의 방황은 정말 뜻밖이었다. 그런 아버지를 두고 방황이라니. 성신은 결코 죄가 없었다. 그런 짓을 할 사람이 아니었다. 은수도 아는 사실을 자식이 되어 모른다는 것이 정말 이상했다. 진짜 파렴치한은 파렴치한 행위로 스스로 목숨을 끊지 않는다. 강간 폭행을 밥 먹듯 하고 감옥을 드나드는 사람은 도리어 억울함을 호소한다. 도덕 관념이 없기 때문이다. 그러니 자살로 죄의 유무를 판단하는 건 속단이다. 반드시 유죄라 속단하는 것도 문제이지만 개인의 도덕심을 고려하지 않은 판단은 더 문제다. 처음 사건을 접했을 때 은수도 놀랐던 건 사실이다. 하지만 곧 무언가 잘못되었다는 확신이 들었다. 그리고 적어도 한집에 사는 가족은 은수와 같은 생각일 거라 믿었다. 그런데 이랑의 태도엔 확신이 없었다. 성신이 자살하기 며칠 전, 은수는 이랑을 만났다. 이랑은 몹시 혼란스러워 보였다. 뜻밖이었다. 은수의 확신도 위로가 되지 못했다. 만나기만 하면 서로 이야기하느라 바빴지만, 그날은 어색할 정도로 침묵이 길었다. 침울한 이랑이 앞에서 은수도 딱히 할 말을 찾지 못했다.

그리고 놀랍고 안타까운 일들이 연이어 일어났다. 영화도 그처럼 극적일 수 없었다. 어제 본 것처럼 생생한 성신이 목숨을 끊어 세상에서 사라졌고, 그 죽음의 원인이 누명이라는 것이 밝혀졌고, 이랑이 말을 잃었다. 그 빠른 말소리가 귀에 쟁쟁한데, 소리 내어 울지도 못했다. 말을 찾고도 한참 지난 뒤에 그렇게 말했다. 사건이 일어나고 돌아가시기 전까지, '아버지'라 소리 내어 부르지 않았다고. 마주치는 걸 피했을 뿐 아니라 말도 하지 않았다고. 겁나서, 너무 겁이 나서 아무 말도 못 했다고. 사실일까 두려워 피하기만 했다고. 그리고 아버질 다시 볼 수 없게 된 어느 날부터 그 생각만 하면 목구멍이 꽉 막혔다고.

이야기를 들으면서 같이 많이 울었다. 엉엉 소리까지 내면서.

너무 가까워도 보이지 않는 것이 분명히 있는 모양이었다.

***

은수가 기억하는 부모는 자주 싸웠다. 기억을 거슬러 끝까지 올라가도 싸우고 있는 부모가 떠오를 뿐이었다. 은수가 태어나기 전부터 싸우고 있었는지도 모르겠다. 아무튼 날마다 이혼이란 말이 오갔으니 이혼은 차라리 자연스럽게 받아들이게 되었다. 그리고 은수는 당연히 명신 편에 섰다.

은수가 보기엔 항상 아버지가 문제였다.

아버지, 강필은 강압적이고 잔소리가 많았다. 사실 부부 싸움이라기보다 한쪽이 수세에 몰리는 모양새였다. 강필이 거친 말로 잔소리를 퍼부어대면 명신은 뒤로 밀리며 응수를 했다. 누가 봐도 강필이 가해자이며 강자였다. 인색하고 폭력적인 남자였다. 때리지 않으면 폭력이 아니라 말하는 사람들을 이해할 수 없었다. 특히 강필이 그런 말을 자주 했다. 자기가 언제 폭력을 행사하였냐고.

정확히 표현하면 물리적인 폭력이 언어폭력보다 약했을 뿐이다.

분명 사랑했던 시절도 있었을 여자한테 할 말이 아니었다. 강필은 명신을 보고 뇌가 없다고 했다. 그런 말을 듣고도 가만히 있다면 그야말로 뇌가 없는 사람이 아닌가. 명신이 생각 없이 소비한다는 것이 다툼의 핵심이었다. 그리고 분명 물리적인 폭력도 있었다. 사람마다 시각이 다르다 해도 마찬가지였다. 그걸 폭력이라 생각하지 않는 것이 더 문제라는 걸 왜 모를까. 은수는 강필을 이해할 수 없었다.

106

말다툼이 길어지고 화가 올라가면 강필은 명신 머리를 후려쳤다. 손바닥이 머리를 스쳐 지나가며 머리칼을 헝클어뜨리지만 누가 봐도 힘을 뺀 상태다. 아프라고 때린다기보다 싸움을 그만하고 싶다는 표시다. 강필이 주장하는 것도 바로 그것이다. 폭력을 쓸 수도 있으니 그만두라, 고 그랬다는 것이다. 폭력으로 평화를 주장하는 방법이라니. 은수로선 도저히 받아들이기 힘든 주장이지만 싸움을 끝내는 효과는 있었다.

강필이 손을 들면 명신은 울음을 터뜨리며 은수 방으로 피신했다. 더 이상 쫓아올 기세도, 폭력도 없지만, 명신은 계속 맞고 있는 것처럼 소리 높여 울었다. 그리고 은수를 붙들고 하소연했다. 엄마 같이 살지 말라고. 생활비는 쥐꼬리만큼 주면서 가계부 검사나 하는 좀팽이 같은 남자는 절대로 만나지 말라고. 자기가 능력이 없어서 집에서 노는 게 아니라고. 조금만 뒷받침 해주면 얼마든지 돈을 벌 수 있다고. 하지만 여윳돈이 전혀 없다고. 경제권을 주지 않으니 어떻게 가정 경제를 다스릴 수 있느냐고. 일일이 허락받고 돈을 받아 쓰는 주부는 더 이상 주부가 아니라 파출부라고. 자기를 믿지 못하는 사람과 어떻게 한평생을 사느냐고.

철이 들면서부터 들었던 하소연에 세뇌되었는지도 모르겠다. 마치 모태신앙처럼 자연스럽게 스몄는지도. 어쨌든 은수 생각에 명신은,

새장에 갇혀 날개를 펼치지 못한 가엾은 한 마리 새였다. 능력이 없는 것이 아니라 강필이 명신 능력을 깔아뭉갠 탓이라 생각했다.

머리가 굵어진 은수는 언젠가부터 명신 편에서 강필한테 맞섰다. 야만인, 이라고. 물리적인 힘으로 제압할 수 있다는 야만적인 생각의 표출이라고. 강필은 은수가 그렇게 맞서면 핏발 선 눈으로 쳐다보기만 했다. 나중에야 그 눈빛의 의미를 알 것 같았다. 명신을 제대로 몰랐듯 강필도 제대로 몰랐던 것이다. 같은 상대라도 역학 관계가 바뀌면 달리 보인다는 걸 알았을 때는 너무 늦었다.

셋이 아니라 둘이 된 어느 날, 강필처럼 명신을 대하는 자신을 발견하고 기절할 뻔했다. 그제야 강필의 심정이 이해되었고 좀 미안해졌다. 자식한테 무뢰한 취급을 당하면서도 어찌할 수 없었던 아버지의 처지가 핏발 선 눈빛 속에 있었다. 그렇다고 새삼 만나서 사과할 마음은 없었다. 다른 여자 만나 잘 사는 것으로 보상은 받았다는 생각이다. 그리고 강필이 행복하게 사는 것이 좋았다. 둘 다 불행했다면 이혼한 보람이 하나도 없을 뻔했다. 그 보람을 명신이 차지하지 못한 것에 유감은 없다. 은수 판단에 명신 쪽 유책행위가 병아리 눈물만큼 더 컸다. 그 판단에는, 사실관계 확인 없이 일방적으로 한쪽 편에 섰던 자신의 잘못에 대한 반성도 포함되어 있었다. 그래서 죄를 탕감한다는 느낌으로 강필이 했던 역할을 어느 정도 감수하고 살았다.

기회는 전혀 엉뚱한 곳에서 왔다.

이혼을 기회라 표현하는 것이 적합한지는 모르겠지만, 드디어 경제권을 쥐게 된 명신에겐 기회가 된 것이 분명했다. 기회를 낭패로 만든건 나중 문제로 치더라도.

은수는 지금도 잘 모른다. 어떻게 이혼에 합의하게 되었는지. 날마다 이혼이란 단어가 난무하던 집이었지만 이혼이 현실이 될 줄은 몰랐다. 아니면 날마다 듣던 말이라 그저 지나가는 바람 소리로 여겼는지도. 어느 날, 나갔다가 들어오니 정말 결판이 나 있었다. 그즈음엔싸움도 없었으니 더 황당했다. 냉전이 있긴 했다. 조용한 부부가 더위험하다더니 정말인 모양이었다.

냉전의 원인은 성신이었다.

외삼촌의 죽음. 얼마나 큰 충격이었던지. 참으로 존경하고 좋아했던 삼촌이었는데. 그런 아버지를 둔 이랑, 사랑을 무지 부러워하기도 했다. 그 집에 놀러 가면 평화롭다 못해 향기로운 냄새가 나는 듯했다. 삼촌과 숙모가 주방에 나란히 서서 음식을 했고 식탁에서도 끊임없이 이야기가 이어졌다. 신기했다. 그 집에선 아이 어른 구별 없이말이 통하는 친구가 되었다. 식탁에서 웃으며 밥을 먹고 소파로 옮겨앉아 또 이야기하며 웃었다. 그런 모습을 보며 명신 생각을 한 적이많았다. 명신이 성신 같은 남편을 만나지 못해서 그렇게 싸우는 것이라고. 웃으며 이야기하는 법을 강필은 모른다고. 그래서 말다툼만 하면 성신을 들먹이는 명신이 이상하지 않았다. 성신과 비교당하는 강필의 심정을 어릴 땐 몰랐다. 그것이 명신의 가장 나쁜 버릇이라는 것도. 상대를 누군가와 비교하는 사람은 항상 남 탓을 한다는 것도.

명신의 강력한 무기였던 성신의 추문과 자살.

믿을 수 없다는 명신의 표정을 보고 강필은 픽, 웃었다.

"별 수 없네."

그 말에 명신은 아무 대꾸도 못 했다. 처음이었다. 강필의 말 뒤에 대꾸가 없었던 일은. 그 후 말다툼조차 없는 냉전기가 시작되었다. 조용한 나날이 흘렀다. 하루가 멀다 하고 벌어지던 전투가 없는 이상한 나날이기도 했다. 와중에 성신의 억울한 죽음의 내막이 밝혀졌다. 반전이 있을 것이라 예상했지만 아니었다. 명신의 반격이 시작되어야 했지만 아무 일도 일어나지 않았다. 그렇다고 전쟁이 끝난 분위기도 아니었다. 평화가 도무지 평화스럽지 않던 어느 날, 웬일로 둘이 입을 맞춰 은수를 불러 앉혔다. 나란히 거실 소파에 앉아서. 그 모습이 참 어색해 보였다. 그때 알았다. 둘은 한 번도 같은 소파에 나란히 앉았던 적이 없었다는 걸. 강필은 언제나 텔레비전을 정면으로 보는 일인용 소파가 지정석이었고, 명신은 긴 소파에 누운 자세로 텔레비전을 보았다.

"이제 다 컸으니 바로 이야기해도 되겠지."

은수가 비어 있는 일인용 소파에 앉자 강필이 그렇게 말을 꺼냈다.

"넌 물론 엄마랑 살 거지?"

강필 말이 끝나기 무섭게 명신이 그렇게 말했다. 상황을 알아채고 좀 놀랐다. 귀에 딱지가 앉도록 들었지만, 현실이 되니 다르게 다가왔다. 하지만 그것으로 끝이었다. 은수 감정과 상관없이 일은 진행되었다. 막상 닥치니 할 말도 없었다. 집안에서 자신의 존재가 무척 가볍게 느껴져 좀 쓸쓸하기도 했다.

그렇게 싸우던 부부는 그렇게 조용히 이혼했다.

이혼한다는 말을 들었을 때, 은수는 제일 먼저 외할아버지 생각이 났다. 명절에 외가에 내려가서도 부모는 늘 티격태격했다. 영감은 그때마다 명신을 나무랐다. 그러면 강필은 영감 곁에서 행복한 미소를 지었다. 꼭 아버지 옆에 앉은 어린애 같았다. 명신은 좀 툴툴거렸지만 달리 대거리를 못 했다. 영감은 강필의 어깨를 두드리며 음식을 권하고 은수 어미 잘 부탁한다고 했다. 강필은 집에서는 볼 수 없는 부드러운 얼굴로 영감을 보고 명신을 보았다.

영감은 이혼 소식을 모른 채 돌아가셨다. 당시엔, 그런 소식을 전할 수 있는 상황이 아니었다. 외삼촌의 죽음으로 외가는 그대로 무덤이 되어버렸다. 알았다 해도 말릴 사람도 그럴 정신도 없었을 것이다.

영감이 알았다면 어땠을까. 기어코 말렸을까. 어떤 말씀으로 강필을 달래고 명신을 나무랐을까. 되돌릴 수 있었을까. 그랬다면 달라졌을까. 더 나은 방향으로 나아갔을까. 부질없는 생각이었다. 성신 삼촌이 살아 돌아올 수 없는 것처럼.

강필은 이혼 사실을 숨긴 채 영감 장례식에 참석했다. 많이 울었다.

이혼해 집을 나간 뒤 처음 본 강필이었다. 별다른 느낌은 없었다. 그동안도 그랬다. 보고 싶은 마음도 원망하는 마음도 일지 않았다. 신기할 정도로 무심하게 지냈다. 생각해보니 그랬다. 부모 이혼보다 더 충격적이고 슬펐던 건 성신의 죽음이었다. 이혼은 강필이 집을 나가는 순간 끝난 일이었지만 성신의 죽음은 여전히 은수 주변을 맴돌고 있었다. 그래서 외할아버지 임종 소식을 듣는 순간 바로 그날의 아픔이 되살아났다. 장례식에서도 은수는 성신을 떠올리며 많이 울었다. 참석한 모든 사람이 그랬을지도 모른다는 생각이 들었다. 어쩌면 강필의 눈물만 오롯이 영감을 애도한 눈물이었을 지도 모르겠다.

명신은 살고 있던 아파트와 현금이 든 통장을 받았다.

통장 잔고는 정확하게 모르지만 두 식구가 살던 대로 몇 년은 살 수 있을 거라 했다. 천천히 일을 찾을 때까지 충분할 것이라고. 그건 강필의 말이니 맞을 것이다. 명신이 정말 살던 대로 살았다면 은수가 졸업할 때까지 버텼을 수도 있었다. 물론 당시에 그런 생각을 했던 것은 아니다. 명신 말대로 그 돈은 어머니의 능력을 키워 줄 자금이었고 멋지게 보여줄 줄 알았다. 그 믿음이 왜 그렇게 당연했는지. 나중에 자신이 생활비를 걱정하게 될 줄 꿈에도 몰랐다. 그리고 맹신이었음을 알아채기까지 오래 걸리지 않았다.

그동안 명신이 보여준 능력이라곤 집을 줄여나간 것뿐이었다. 전세로 옮겨가고, 월세가 되고, 월세마저 밀려 거리에 나앉을 지경이 될 때까지 돈은 입으로만 벌었다. 뜻대로 되지 않으면 남 탓을 하면서. 명신의 어이없는 능력이 발휘될 때마다 영감이 떠올랐다. 영감이 살아 있었다면, 그러니까 성신이 죽지 않았다면, 명신을 말렸을 텐데. 강필을 달래가며 살게 했을 텐데, 하는. 그런 면에서, 성신의 죽음이야말로 강필에게 기회가 된 셈이다. 강필은 이혼 후 더 좋아졌다. 새여자를 만나 재혼했고 그녀야말로 능력자였다. 집을 얻어 나갈 때 만난 중개업자로 명신보다 여덟 살이 적은 유능한 중개인이었다. 맞벌이 부부로 새로 탄생한 그 집은 날이 갈수록 번창했다. 명신이 집을 잘라 먹을 때마다 강필은 집을 키워갔다. 이혼녀였던 새 여자한테 당시 아홉 살 난 딸이 있었다. 은수는 가끔 그 딸이 궁금했다. 아니 강필과 딸 사이가 궁금했다. 강필이 어떤 눈으로 딸을 바라보며 딸은 어떤 눈으로 강필을 바라보며 살고 있을까, 하고.

물론 강필을 그리워하는 것은 아니다. 전적으로 두둔하고 싶지도 않다. 명신의 무능력에 실망이 컸지만 그렇다고 강필의 인격이 높아지는 건 아니다. 단지 폭력적인 언동을 조금은 이해하게 되었다는 뜻이다. 그래서 좀 더 신중해지려고 노력했다. 명신한테 절망할 때마다, 함부로 판단하지 않기 위해, 그 심정이 되어보려고 애썼다. 불만을 숨기고 속으로 답을 찾았다. 그리고 알았다. 사람은 죽을 때까지 사람을 알 수 없으리라는 것. 다른 사람을 다 안다고 자부하는 사람이 있다면 착각이거나 거짓말이라는 것. 그저 새로운 상황 속에서 새로운 성격, 재능, 능력이 발견될 뿐이라는 것. 환경의 변화가 없다면 평생 드러나지 않을 특성도 있다는 것. 심지어 자신의 정체성도 다 알 수 없다는 것. 말하자면 나 자신도 모른다는 걸 알았을 뿐이다. 명확하게 알게 된 것이 하나 있다면, 소크라테스의 위대함 정도? 하지만 이런 결론도 명신에 대한 불만을 없애지는 못했다. 반성은 반성이고 불만은 불만이었다. 단어의 존재 이유는 그대로 살아 있었다. 기껏 눌러놓았을 뿐인 불만은 시도 때도 없이 고개를 내밀고 존재를 과시했다. 은수는 자신을 돌아보는 동시에 명신을 원망하는 희한한 이중고에 여전히 시달렸다.

명신에게,

핑곗거리가 거덜 나는 경우는 없었다. 문제의 원인을 밖에서 찾는 사람한테 핑계는, 죽을 때까지 퍼내어도 마르지 않을 샘이었다. 그러니 이혼하기 전에는 언제나 강필이 문제였다. 일이 생길 때마다 신세한탄을 하며 강필에게 책임을 돌렸다. 이제 문제의 강필은 다른 여자의 남편이 되었다. 하지만 이혼도 강필을 그냥 두지 않았다. 물리적으론 멀어졌지만, 그 이름은 여전히 핑곗거리로 소환되었다.

은수는 강필이 집을 떠나고서야 명신이 제대로 보이기 시작했다.

명신은 한 번도 일을 해서 돈을 벌어본 적이 없었다. 사회도 모르고 경제도 몰랐다. 물론 사회 경험 없는 모든 전업주부가 명신과 같다는 뜻은 아니다. 이건 어디까지나 딸이 본 어머니 이야기다. 그것도 둘이서 살며 아주 밀접하게 겪은.

강필도 결혼 초엔 명신에게 경제권을 맡겼다.

통장 잔고가 늘 바닥이었지만 몰랐다. 저축은커녕 생활비가 모자란다는 걸 눈치채기 전까지 강필도 그런 사람은 아니었다. 가계부를 살펴보고 씀씀이를 감시하다니. 자신이 그렇게 살게 될 줄은 정말 몰랐다. 전세 재계약이 없었다면 어떻게 되었을까. 얼마나 더 사고를 쳤을까. 전세금을 올려달란 통보를 받고 재정 상태를 물었다. 어느 정도는 은행이든 어디서건 융통해야 한다고 생각했지만, 통장이 깡통일 줄은 몰랐다. 깡통에서 끝났다면 그리 독하게 굴지 않았을지도 모르겠다. 깡통이 아니라 마이너스였다. 생활비가 모자라자 계를 모집해 이미 일 번을 써버린 상태였다. 도대체 어디에 썼냐고 물어보았다. 명신 말대로 별로 한 것도 없었다. 건강을 위해 에어로빅을 하고, 취미로 꽃꽂이를 배우고, 나갔으니 외식하고, 밥 먹고 나면 차를 마셨다고. 나쁜 짓을 한 것도 아닌데 추궁한다며 억울해하는 아내가 낯설었다. 날마다 외출했으니 거기 맞는 옷이며 구두도 샀을 테지만 더 이상 묻지 않았다. 모든 건 빈 통장이 대변하고 있었으니. 아내 말을 듣고 있으면 강필이 갑부가 아닌 것이 죄였다. 그리고 명신을 잘못 알고 있었던 자신이 죄인이었다. 장인 장모를 생각하면 무리도 아니었던 것이, 작은 물건 하나도 허투루 쓰지 않는 처가였다. 농사지어 사 남매를 대학까지 공부시킨 분들이었다. 그런 집 딸에 대한 맹목적인 믿음이었던 모양이었다. 그렇다 하더라도, 알뜰살뜰까진 아니더라도, 보통의 주부라면 수입에 맞춰서 써야 하지 않는가. 갑부는 아니지만 적다고도 할 수 없는 수입이었다. 더구나 마이너스라니. 놀란 강필이 결국 직접 관리에 들어갔다. 그렇게 하지 않았다면, 아직도 집이 없었을 것이라고.

정말 그랬으리라. 이젠 인정한다. 사실 강필이 싸울 때마다 그 말을 했지만, 귓등으로 흘려버렸다. 실감도 나지 않았다. 오히려 지금에야

116

새록새록 실감하고 산다.

명신은 변하지 않았다.

경제권을 쥐게 되자 돈이 마를 때까지 결국 아무 일도 하지 않았다. 그리고 강필이 권유했던, 살던 대로 살지도 않았다. 마음대로 써도 되는 돈을 두고, 생활비를 받아 쓰는 시절로 돌아가고 싶지 않았을지도 모르겠다. 한풀이를 하듯 씀씀이가 달라졌다. 아, 아무 일도 하지 않은 것은 아니다. 시작한 일이 있긴 했다. 마트에 이틀? 식당에 하루? 정확하진 않다. 식당일은 반나절 만에 끝난 걸로 알고 있다. 하여튼 하루만 갔다 오면 그만둘 이유가 수십 가지 생겼다. 세상 모든 사람이 자신을 압박하는 몹쓸 사람이 되었으니까. 결국 현금이 바닥날 때까지 말로만 일을 했다.

그즈음부터 다시 남의 남자가 된 강필이 소환되었다.

뒤를 밀어주지 않아서, 무슨 일을 하기엔 너무 늦었다고. 그 나이에 일을 하는 여자들이 얼마든지 있지만, 명신 눈엔 보이지 않는 모양이었다. 별다른 기술이 필요 없는, 일당 받는 일은 우스운 일이었다. 몇 푼 버느라 몸만 상한다며 강필을 탓했다. 진작에 기회를 주었으면 전문적인 기술을 배웠다나 어쨌다나. 전문적인 기술이 구체적으로 어떤 것인지는 설명한 적이 없어 모르겠지만.

급기야 외할머니 집으로 들어갈 때까지 큰소리는 계속되었다. 마지

117

막 핑계는 눈부셨다. 고향에 내려가 홀로 계신 외할머니를 모시겠다. 그리고 대지가 넓은 집을 그렇게 두는 것은 낭비이며 바보짓이다. 건물을 올려 월세를 받으면 풍족하게 살지 않겠는가. 더구나 오래된 집이라 외풍도 심하고 불편하니 복동도 편리한 집에서 노후를 보내게 해드려야 한다. 누군가 젊은 사람이 일을 진행해야 한다. 그러니 우선 고향에 내려가 사정을 살펴보겠다. 일하기엔 너무 늦었다던 명신은 갑자기 젊은 사람이 되어 고향으로 내려갔다.

외할머니가 그 생각을 반겼는지는 아직도 모르겠다.

***

그 생각이 났을 땐 비 갠 하늘에 쌍무지개가 뜬 것 같았다.

월세까지 밀리자 물러날 곳이 없었다. 그런데 자식이라고 하나 있는 것까지 강필을 닮아 자신을 몰아붙이기만 했다. 급기야 혼자 살 길을 찾아 나가버리자 분하고 쓸쓸해 눈물이 났다. 그때 고향 집이 떠올랐다. 복동이 보고 싶었다. 한 번 다녀올까. 그런데 깜깜한 하늘을 가로지르는 유성처럼 묘안이 스쳤다. 고향 집을 헐고 다가구 건물을 올리면? 터가 넓은 땅을 그대로 둔다는 자체가 낭비 아닌가? 그렇게 귀향 결정이 내려졌다. 명신은 자신의 반짝이는 생각에 감격했다. 수중에 집 지을 돈이 없다는 염려는 하지 않았다. 구체적인 계획도 당연히 없었고, 일어날 수 있는 문제점에 대한 고려도 없었다.

그렇게 고향으로 내려왔다.

그녀 말대로라면 사업차 내려온 것이다.

하지만 고향에 내려온 명신은 한동안 생각조차 없이 지냈다. 그런 계획이 있었다는 것도 잊었다. 월세를 걱정하는 처지에서 벗어나자 생각도 사라졌다.

사람은 참 간사하다. 전쟁 중엔 평화를 갈구하지만, 평화가 이어지면 무료하다 느낀다. 그래서 변화를 꿈꾸고 다른 욕망을 가지게 된다. 평화로운 몇 달이 흘렀다. 세상이 다시 만만해 보이기에 충분한 시간이었을지 모르겠다. 명신은 마침내 복동에게 원대한 계획을 털어놓았다. 복동은 듣기만 했다. 무슨 돈으로 하겠느냐고 묻지 않았다. 능력 밖의 일이었기 때문이지만 명신은 다른 뜻으로 해석했다. 기발한 계획이 복동을 단박에 설득시켰다고.

복동이 어떤 희망도 갖지 않게 되었다는 걸 명신은 몰랐다.

살아가는 일조차 죄스러워진 지 오래되었다는 걸 몰랐다.

모든 의지가 꺾여버렸다는 걸 몰랐다.

사는 동안 결코 자리를 옮기는,

다시 시작하는 일이 없을 것이라는 걸 정말 몰랐다.

그런데 복동은 알고 있었다.

일에는 끈기가 없는 명신이 고집은 황소 같다는 걸.

저지르고 나서야 돌아본다는 걸.

결국은 하고야 말 것이라는 걸.

자기 속으로 낳은 자식이니 어디에 하소연할까. 어미 아니면 누가 들어나 줄까. 그런 심정으로 입 닫고 듣기만 했다. 듣고 있자니 물색 없이 신이 났다. 새로 집을 지을 동안은 잠시 원룸을 얻어 살면 된다니, 그 많은 장독이며 큰 살림은 죄다 버리겠다는 건지. 겨울엔 따뜻하고 여름에도 모기 걱정이 없을 거라니, 복동이 평생 걱정하지 않았던 것을 걱정으로 만들었다. 복동은 끝내 아무 말도 하지 않고 명신 혼자 떠들게 두었다. 하지만 정말 그만두었으면 했다. 영감이라도 있으면 푸념이라도 하겠지만 부질없었다.

살아생전엔, 더 이상은 사라지지 말았으면 싶었다.

영감이 밟고 다니던 마당이, 애들이 쿵쾅거리며 뛰어다니던 마루가, 날마다 앉아 있던 텃밭이, 성신이 들어서던 대문이……. 더 잃어버릴 것이 없으리라 생각하고 살았는데, 아직 잃을 것이 남았다니…….

120

헌 집 줄게 새집 다오

'이제 새집 짓고 편하게 살 일만 남았는데.'

명신은 은수 집을 나설 때 결심했다.

당장 서두르자. 재신 오빠랑 아신과 의논해야겠다. 얼굴도 볼 겸 한 번 모이자 해야지. 사람이 돈이 있어야 기를 펴지 이렇게는 더 이상 못살겠다. 어떻게 하든 건물만 올리고 나면 월세가 나올 테지.

은수한테 실망했던 마음을 달래며 왔더니, 좋은 일에 마가 낀다고.

복동은 정말 어디로 간 것일까.

벌써 이틀째.

어제는 아신이 다녀갔지만, 아는 것이 없긴 마찬가지였다. 제일 믿었던 아신까지 도무지 짐작을 못 하니 갈수록 꼬이는 기분이다. 저녁

121

에 출발했다는 재신은 아직이다. 와 봐야 별 뾰족한 수가 있을까 싶지만, 막연히 기다린다. 할 수 있는 일이 지금은 그것밖에 없다.

똘이가 짖는다.

누군가 오는 모양이다.

복동이라면 얼마나 좋을까.

초인종 소리.

실낱같은 기대를 안고 일어선다.

대문을 여니 재신이 우두커니 서 있다.

반가움보다 걱정이 앞선다.

복동은 도대체 어디로 간 걸까.

똘이가 어두운 하늘을 향해 짧게 짖는다.

8.

"서방님까지 그럴 줄 몰랐어."

성신 소식에 연옥이 보인 반응이었다. 속에서 울컥 화가 올라왔지만 반박하지 못했다. 할 말이 없었다. 재신조차 확신이 없었기 때문이었다. 동생이지만 이미 각기 가정을 이루고 산 지 오래되었다. 그래도 성신이라면 믿어야 했는데 그러지 못했다. 연옥의 반응은 더 받아들이기 어려웠다. 지나온 삶에 비춰보면 더욱 그랬다.

성신은 재주 많은 반듯한 동생이었다. 재신이야 동생이라 후한 점수를 주었다 치더라도 연옥도 인정하고 좋아했다. 판단 빠르고 분명한 연옥이다. 소개를 받고 만나기 시작할 때 그 성격이 무척 마음에 들었다. 그런 연옥의 인정으로 동생이 더 자랑스러웠던 적도 있었다. 연애할 땐 온통 잘 보이고 싶은 마음으로 가득하다. 없는 자랑이라도 만들어야 할 판에 혈육의 자랑거리는 참 신나는 일이었다. 더구나 시인인 동생. 연옥은 특히 문학적인 재능에 마음이 약했으니 애써 긴 설명이 필요 없었다. 말재주 없는 재신에게 성신은 소중한 화젯거리가 되어주었다. 연옥의 감탄이 길어졌고 재신은 어깨를 으쓱이며 듣기만 하면 되었다.

결혼을 한 뒤에도 성신에 대한 연옥 마음은 한결같았다. 그건 사람에 대한 완전한 믿음처럼 보였다. 복동도 영감을 추켜세울 때 성신을 자주 앞세웠다. 성신이 영감을 쏙 빼닮았다며 에둘러 칭찬하는 것이다. 무학인 영감이, 시인이기도 한 성신을 유난히 자랑스러워하는 걸 알기 때문이었다. 가족 모두에게 성신에 대한 당연한 믿음이 있었다.

미투의 바람이 온 나라를 흔들 때, 그 바람이 이 집안에 불어 닥치리란 생각을 눈곱만큼이라도 했을까. 더구나 성신에게. 그리고 죽음으로까지 몰고 갈 것이라는 것을.

성신의 죽음으로 가족 간 유대는 중심을 잃고 흔들렸다. 미묘한 감정싸움과 불신으로 마음이 피폐해졌다. 뭉쳐도 모자랄 판에 서로 상처를 주었다. 억울한 죽음이었음이 드러날 때까지. 누구를 원망하고 나무랄 수도 없었다. 재신도 성신을 의심했다. 그러면서도 연옥의 태도에 화가 났고 섭섭했다. 머리로는 할 말이 없었지만, 가슴은 그렇지 않았다. 제 자식을 자신이 때리는 것과 남이 때리는 것은 아주 달랐다. 날마다 뉴스에 오르내리는 성신 소식이 신경을 긁었고, 날카로워진 신경에 연옥의 모든 행동이 거슬렸다. 가족으로서 무조건 덮어주길 바라면서도 자신도 연옥을 비난했다. 아내에 대한 불만은 괜한 짜증으로 폭발했다. 연옥의 반격도 만만치 않았고 집안 분위기는 한없이 냉랭해졌다. 냉랭한 분위기는 손자가 태어날 때까지 이어졌고, 지금도 재신 가슴엔 그때의 앙금이 남아 있다.

장난.

거짓 미투라는 것이 드러났을 땐 너무 허탈해 화를 낼 기운도 없었다. 허무맹랑한 장난에 사람이 목숨을 끊었고 가족은 마음 놓고 슬퍼

하지도 못했다. 수업 시간에 교과서를 가져오지 않아 뒤로 쫓겨난 것이 이유였다니. 학교도, 거짓 고발을 한 학생의 부모도 황당하긴 마찬가지였다.

평소 좋아했던 선생이라 더욱 상처가 되었단다. 유달리 국어 시간을 좋아한 사실은 반 학생들 모두 알고 있었다. 그 시간이 끝난, 쉬는 시간 내내 책상에 엎드려 울었다고 했다. 어쩌면 충격이었는지 모르겠다. 자주 그런 일을 겪었다면 괜찮았을까. 교과서가 없으면 누구나 뒤로 나가야 한다는 건 국어 시간 불문율이었다는데. 학생들은 모두 그렇게 증언했다. 그래서 국어 시간에 책이 없으면 알아서 뒤로 나가 서 있었다고. 특별한 감정을 품고 있었던 그 학생은 특별한 대우를 기대했던 것일까. 똑같은 처벌 자체가 상처였을까. 도대체 어떤 마음으로 그런 일을 저질렀을까. 얼마나 큰 파장을 일으킬지 정말 몰랐을까.

대답은 그랬다.

"분한 마음에 골탕을 좀 먹이고 싶었다. 스쿨 미투를 보고 교육청에 전화했다. 전화한 직후에 후회했다. 철회하고 싶었지만 이미 늦었다. 그렇게 빨리 그렇게 크게 일이 벌어질 줄 몰랐다. 나중엔 일이 너무 커져서 진실을 말하기가 두려웠다."고.

누명은 벗겨졌다.

하지만 영감의 분노는 그때부터 시작되었다. 그 분노의 불길로 자신을 태웠다. 하루 종일 술을 마셨다. 전화를 할 때마다 술을 마시고 있었다. 복동이 전화를 받았고 같은 대답만 들었다.

"아버지는?"

"술 드신다."

아무도 말리지 못했다. 복동도 무슨 정신으로 영감과 시름을 하겠는가. 차라리 술에 취해 잊기를 바랐는지도 모르겠다. 성신이 떠나고 일 년이 되기 전에 영감이 뒤를 따라갔다. 간이 완전히 망가져 손 쓸 새도 없었다. 간은 조용한 파괴자였다. 그래서 영감은 죽기 직전까지도 술을 마셨다. 갑자기 쓰러져 입원을 했고 다음 날 영원히 눈을 감았다. 어쩌면 예견된 결과였다. 여든이 넘은 노인이 감당할 수 있는 주량이 아니었다. 슬픔을 이기지 못한 영감은 결국 술을 이기지 못하고 떠난 것이다. 눈을 감고 누워있는 모습이 차라리 편안해 보였다.

복동은 눈물도 보이지 않았다.

지켜보는 것이 더 힘들었을지도 모르겠다.

***

재신은 밤늦게 고향 집에 도착했다.

막상 출발하니 마음이 급했다. 휴게소에도 들르지 않고 세 시간을 내쳐 달렸다. 연옥한테 떠밀려 길을 나섰지만 달릴 때는 희망을 품고 있었다. 그사이 돌아와 계실지도 모른다는. 하지만 도착하는 순간 알았다. 주차를 하고 집을 향해 걷는 동안 희망은 덧없이 사라졌다. 대문 등도 켜지지 않고 누군가 나오는 기미도 없었다. 복동이 집에 있다면 그럴 리가 없었다. 똘이가 대문을 치는 소리만 어두운 골목을 울렸다.

초인종을 눌렀다.

대문 등이 켜지고 마루 문 열리는 소리가 났다. 곧 대문이 열리고 명신이 서 있었다. 울컥했다. 어색하고 낯선 풍경이었다. 대문을 꽉 채우는 큰 키는 상상 속에 있지 않았다. 머리 뒤로 집안이 들여다보이는 나지막한 복동이 거기 있어야 했다.

"어머니는?"

뻔히 알면서도 물었다.

"아직."

한숨 섞인 대답이었다.

밤은 늦었고 할 수 있는 일도 없었다.

저녁으로 라면을 끓여서 복동 없는 안방에서 먹었다.

방은 말끔했다. 옥돌 장롱과 삼층장, 재봉틀, 전화기와 텔레비전이

얹혀 있는 탁자, 입던 옷을 걸어두는 스탠드 옷걸이. 옷걸이에 걸려 있는 것이라곤 연노란색 수건과 회색 스웨터뿐이다. 바지도 셔츠도 없다. 명신 말대로 집에서 입던 옷을 입은 채 나갔다.

라면 먹은 그릇을 그대로 둔 채 일어섰다.

삼층장 위를 빼곡하게 채운 사진 액자.

학사모를 쓴 사 남매 사진, 사 남매 결혼사진, 손자들 돌 사진과 유치원 졸업 사진, 영감 칠순 잔치 사진. 칠순 기념사진 안엔 영감과 복동의 자손들이 모두 담겨있다. 재신과 연옥, 성신과 미나, 명신과 강필, 아신이 뒤에 나란히 서고 앞줄 중앙에 영감과 복동이 앉았다. 영감 옆에는 한솔과 은수가 복동 옆에는 이랑, 사랑이 서 있다. 자식들은 생생하게 젊고 손자들은 앳되다. 하지만 지금은 볼 수 없는 사람이 둘. 재신은 성신과 영감을 자세히 들여다보았다. 카메라를 향한 담담한 눈매가 참 닮았다. 사진 속 세상은 평화로웠다. 그 사진을 찍을 때는 정말 평화로웠다는 생각이 들었다. 그 뒤 불어 닥칠 폭풍은 짐작도 못 한 채.

영감 옆에 미소를 띠고 앉아 있는 복동을 보고 있자니 착잡해진다.

성신과 영감이 차례로 세상을 등졌을 때 기억이 되살아났다.

아픈 기억이다. 특히 성신이 떠났을 땐 모든 것이 뒤죽박죽이었다. 혈육이 갑자기 죽었는데 남은 혈육들 마음은 각각 달랐다. 이해할 수 없는 사고는 가장 가까운 가족조차 서로 이해할 수 없게 만들었다. 재신은 연옥한테 화가 났고, 연옥은 그런 재신을 피했다. 믿음이 흔들렸던 건 분명했다. 불신의 불길은 명신 가정에도 옮겨붙었고 심지어 이랑, 사랑도 아버지와 마주 앉지 않았다. 성신은 죽기도 전에 이미 가족들한테 사형을 당한 건지도 몰랐다.

복동과 영감은 어떤 마음이었을까. 정말 죽기 전까지 아무것도 몰랐을까. 죽은 뒤에는 어떻게 살아갔을까. 영감은 어떤 심정으로 그렇게 술을 마셨을까. 술이 그나마 잊어버릴 시간을 벌어주었을까. 영감이 떠난 뒤에 복동은 어떻게 살았을까. 어떤 마음으로 밥을 먹고 잠자리에 누웠을까.

아들과 남편을 앞세우고 복동은 홀로 살았다.

혼자 계절을 맞이하고, 집을 건사하며, 세월을 보냈다.

영감의 손길과 숨결이 고스란히 남아 있는 집에서.

그동안 자신은 어떻게 살았는가.

재신은 복동이 살아왔던 세월 앞에 죄인이 된다.

고향을 더 멀리한 세월이었다. 할 수 있으면 명절도 피하고 싶었다. 연옥과 동행해야 되는 일이 부담스러웠고 혈육이 모이는 시간도 즐겁지 않았다. 집안에 들이닥친 불행을 잊고 싶었던지도 모르겠다. 외면하면 없어지기라도 할 것처럼.

신변에 큰 변화도 있었다. 연옥과 재신이 차례로 퇴직을 했고, 같이 보내는 시간이 많아진 상황에 적응을 못 하고 갈등의 골이 깊어졌다. 어쩌면 재신의 인생에서 가장 혼란한 시기였는지도 모르겠다. 단단하게만 보였던 땅이 허상이 되는 절망을 맛보았다고 할까. 가치관이 뿌리째 흔들렸고 세상에서 제일 잘 안다고 믿었던 아내가 세상에서 가장 멀어지는 기이한 경험도 했다.

가끔 복동이 떠올랐지만, 무소식이 희소식이려니 하며 애써 잊었다. 전화라도 자주 왔으면 모른 척하긴 힘들었을 테지만 복동은 일없이 전화를 하지 않았다. 그래서 바쁜 척하며 살았고 찬빈이 태어난 뒤 한동안은 정말 바빴다. 오히려 진짜 바빠졌을 때 전화를 자주 했다. 당당하게 전화해서 자신의 활약상을 전했다. 사 남매를 낳고 키운 복동한테 손자 돌보는 자랑을 한 셈이다. 그것도 아내를 거드는 수준인 보조 자랑을. 아무튼 손자 덕분에 꼬박 2년은 다른 세상을 만난 듯 주변 일은 잊어버렸다. 그저 자신의 코앞만 보고 살았다. 어쩌면 일부러 더 집중했던지도 모르겠다.

세월은 빨랐다.

아이가 자라는 세월은 정말 금방이었다.

복동의 시간은 어땠을까.

재신은 다리가 아프도록 사진 앞에 서 있었다.

1.

평생을 두고 후회하겠지.

영원히 용서받지 못할 자가 되었다.

누군가로부터 용서받을 수 있는 일도 아니지만, 그럴 자격이 있는 사람은 이미 이 세상 사람이 아니다. 죽음은, 아무런 기회가 없다는 걸 의미했다. 다시는 기회를 주지 않겠다는 표시인지도 모르겠다. 너희를 용서하지 않겠다는. 목숨 걸고 벌을 내린 것이 아닌가 싶기도 하다.

한 사람이 죽었다.

그의 재능과 인품을 사랑했다. 그리고 믿었다.

그가 죽고 난 뒤, 도대체 무얼 믿었단 말인가? 곰곰이 생각한 적이 있었다. 성신이란 남자를 맹목적일 만큼 믿고 있었다는 걸 깨달았기 때문이었다. 분석 끝에 내린 결론은 그의 '인격'이었다. 어떤 행위이든, 어떤 말이든, 그가 하는 일은 바를 것이라는 믿음. 그만큼 믿음이 가는 사람이었다. 오랜 세월이 빚어낸 단단한 믿음이기도 했다. 아니 그래야 마땅했다. 그런데 그 믿음이 그렇게 쉽게 무너지다니. 물론 믿음을 무너뜨린 사람은 성신이 아니라 연옥이었다.

이젠 허물어진 성벽으로 가슴에 남은 신의.

이미 늦어버렸지만, 변명을 하자면 할 말은 있다. 연옥도 당시 몹시 힘들고 충격적인 사건 한가운데 있었다. 성신처럼 사건의 당사자는 아니었지만 결국 학교를 떠났다. 그리로 성신은 그 일로 죽었다. 어쩌면 성신의 죽음이 사표를 쓰게 한 직접 동기가 되었는지도 모르겠다.

***

연옥은 그때 여자중학교 교무부장이었다.

연예계와 정치계를 휩쓸던 '미투'가 학교에도 바람을 일으켰다.

인터넷 익명게시판에 성추행 가해자로 지목된 교사의 실명이 떴다. 연옥이 근무하는 학교 교사 두 명이었다. 방과 후 일어난 일이었고 그날이 지나기 전에 학교도 알게 되었다. 다음 날 정규 일과 전에 회의가 소집된다는 비상 연락망이 돌았다. 사실 여부도 알 수 없는 상태에서 날이 밝았다. 피해 학생과 가해 교사의 진술을 들어보는 것이 먼저라고 생각했다. 들어보고, 알아보고, 처리한다. 연옥은 마음이 무거웠지만 그렇게 상식적인 머리로 출근을 했다. 대부분 교사도 그런 생각이지 않았을까. 하지만 착각이었다. 그건 처리해야 할 일이 아니라 사건이었다. 절차나 사안의 경중뿐 아니라 본질까지 벗어날 수 있는 것이 사건의 특징인 줄을 그때는 몰랐다. 그리고 대중매체의 무시무시한 파급력도.

인터넷의 위력은 대단했다. 출근하니 이미 학교가 발칵 뒤집혀 있었다. 불과 하룻밤 사이에 전교생에게 퍼졌다. 교실과 복도는 삼삼오오 모인 학생들로 소란스러웠다. 학생 열댓 명은 교장실 앞에서 면담을 요구했다. 나중에 부르겠다고 해도 물러나지 않았다. 낯설고도 묘한 열기였다.

어수선한 가운데 회의가 열렸고 파악된 상황을 교육청에 보고했다. 다음 날 교육청에서 조사 위원단이 내려왔다.

조사단은 직접 전교생 상대로 설문 조사를 했다.

그 조사에서 자유로웠던 교사는 54명 중 18명.

이름이 거론된 교사 36명은 모두 조사를 받았다.

분명 미투에 관련된 설문 조사였다. 결과대로라면 끔찍했다. 학교가 아니라 범죄집단이 아닌가. 36명이라니. 경천동지할 숫자였지만 '미투'와 거리가 먼 단순 불만 사항이 대부분이었다. 교실 전등이 어둡다, 교사 목소리가 너무 작다, 질문이 강압적이다. 심지어 옷을 너무 못 입는다, 등. 하지만 이름이 나온 이상 결과는 있어야 했다. 불만족 평가를 받은 교사는 모두 불려가 조사를 받고 경위서를 썼다. 그리고 이미 인터넷에 실명이 거론된 교사와 설문 조사에서 새로 성추행 의혹이 나온 교사 한 명은 바로 수업에서 배제되고 따로 결과를 기다렸다. 설상가상 오후엔 언론 보도가 나갔다. 사건의 진위가 제대로 파악되기도 전에 학교는 폭풍의 한가운데로 휩쓸렸다. 전국적인 관심을 받게 되자 차분히 자체 조사에 집중할 수조차 없었다. 교무부장이었던 연옥은 날마다 온갖 기관의 조사에 응하고 보고서를 작성해야 했다.

언론을 타는 순간,

오직 피해자만의 세상이 되어버렸다. 피해자의 입만 중요했고, 귀기울였고, 보도했다. 잘못을 저지른 어른도 분명히 있지만, 중학생인 그들의 의식도 아직 미숙하다는 점은 전혀 고려되지 않았다. 피해자의 입에 따라 바로 죽을 죄인이 되었다가 또 기사회생하기도 했다. 갑자기 여러 명의 교사가 교체되는 바람에 수업 시간은 어수선했고 학생들은 수상한 종교에 취한 듯 들떴다. 어찌하였든 수업은 교사의 통제 속에 있었다. 그리고 딱딱한 의자에 앉아 있어야 하는 현실은 괴롭고, 공부는 그다지 즐겁지 않다. 그런 조건에서 교사는 억압자 역할일수밖에 없다. 그런데 자신들을 억압하는 자를 마음대로 벌줄 수 있는 기회가 온 것이다. 그 상황이 학생들의 눈에 어떻게 비쳤을까. 선생의 목숨이 우리 손에 달렸구나, 어떻게 하는지 두고 보자, 그런 생각까지 했다고 믿고 싶지는 않다. 그렇지만 학생들의 달라진 태도와 분위기를 현장에 있는 교사는 느끼고 남았다. 슬픈 일이었다. 학생과 교사

사이에 넓고 거친 강물이 흐르는 것 같았다.

조사를 받았던 교사는 물론이고 전 교사들의 사기는 바닥이었다. 의욕을 잃었고 사건 처리와 보고로 늘어난 업무에 지쳐갔다. 가해 교사에 대한 징계가 결정되면서 사건은 마무리되었지만, 학교는 몇 개월 동안 충격에서 벗어나지 못했다.

그해에 교사 두 명이 퇴직을 신청했고 연옥도 다음 해 학교를 떠났다.

이미 의도가 왜곡되는 경험이 준 상처가 컸고, 예기치 못한 실수가 불러올 파장도 두려웠다. 학교는 미성인과 성인이 지적, 정서적으로 소통해야 하는 장소이면서 세대 차가 아주 큰 집단이다. 그래서 어떤 문제가 발생하면 합리적인 절차를 따르기 쉽지 않다. 책임 의무는 성인에게 더 무겁고, 교사는 절대적인 성인의 위치에 있다. 교내 사고에 대한 무한 책임만 있을 뿐 교사도 피해자가 될 수 있다는 사회적인 인식은 약했다. 사고가 나는 순간 교사는 학생의 적이 되었다. 적군이 되어 피해자 조사를 하는 느낌이랄까. 사건 경위와 상관없이, 조사나 처리에 앞서, 교사는 무얼 하고 있었나? 비난부터 돌아왔다. 교사의 바른 인격만큼 사태를 객관적으로 바라보는 사회적 인격도 간절했던 시간이었다. 하지만 세상은 교과서가 아니었고, 누군가는 결국 아무런 방패막이도 없이 고스란히 화살을 맞아야 했다.

성신의 죽음이 바로 그 증거였다.

아무도 성신의 말에 귀 기울이지 않았다. 오직 피해자의 고소에만
집중했다. 고소당하는 순간 범죄자가 되었다. 심지어 죽음도 그의 무
죄를 입증해주지 못했다. 연옥도 할 말이 없다. 자신도 그랬으니까.
성신을 의심했고 외면했다.

서방님까지?

성신 소식을 접했을 때 화부터 났다. 벌집을 쑤신 듯 엉망인 학교
일에 지쳐 있었고, 더구나 추행이라니 싫었던 것이다. 변명을 하자면
그랬다. 믿었던 성신에 대한 실망감에 판단이 흐려졌던지도 모른다.
연옥은 성신과 깊은 대화 한 번 나누지 않았다. 적어도 연옥이라면 성
신한테 설명할 기회를 주었어야 했다. 평소 연옥이라면 그랬을지도
모르겠다. 자신이 처한 현실만 아니었어도 이성적인 판단이 가능하지
않았을까. 자기변명엔 이다지 섬세하고 자애로우면서 성신한텐 그러
지 못했다.

모든 일은 너무 늦었다.

연옥이 폭풍의 한가운데 있을 때 성신은 세상을 버렸다.

그는, 죽은 뒤에도 가족들의 애도조차 제대로 받지 못했다. 죄인인

채로 세상을 떠났고 남은 자들은 숨죽여 슬퍼했다. 더욱 기가 막힌 슬픔은 한 달 후에 다시 찾아왔다. 미투가 장난이었음이 드러난 것이다. 장난질에 죽었다는 허탈함과 분함, 누명을 벗었다는 아픈 안도감이 후폭풍을 일으켰다. 그때의 감정은 혼돈 그 자체였다. 세상에 그런 감정이 존재한다는 것도 몰랐다. 누명을 벗어 다행이다 싶을수록 죽음이 더욱 분했고, 죄책감에 시달리다가 도리어 죽은 자를 두고 바보 같다며 욕을 했고, 죽을 만큼 힘들었을 심정을 떠올리다 울었다.

그래도 성신의 죽음이 세상에 끼친 선한 기운이 있다면, 무분별한 '미투'가 잦아들었다는 것. 그것으로 억지 위로를 삼기도 했다. 성신이라면, 그런 결과도 예상하지 않았을까 하면서.

***

성신은 같은 대학 과 동기였다.

마흔 명 국문과 학생 중 남학생은 일곱.

'세븐 스타'로 불렸지만, 말처럼 반짝반짝해선 아니었다. 그저 남학생 수가 일곱이었고, 일곱은 행운의 수였고, 그래서 7 앞에 습관처럼 '럭키'를 붙여 '러키 세븐'이라 했다가, 언젠가부터 '세븐 스타'가 된 것뿐이다. 물론 국문과 여학생 사이에서만 통용되는 별칭이었다. 그리고 진짜 배우처럼 잘생긴 남학생도 한 명 있었다. 한 학기가 끝나자 가족과 함께 캐나다로 이민을 가버렸지만. 하여튼 수적으로 귀한 존재들이라 별처럼 관심을 받긴 했다. 더구나 재학 중에 휴학을 하고 차례로 입대하는 바람에 나중엔 진짜 귀해져 버렸다. 그래도 그들은 여전히 '세븐'이었고 나름 '스타'였다.

성신은 평범한 외모가 특징이라면 특징이었다. 거리에서 마주친다면 아무런 감흥 없이 지나칠. 그런 모습에도 불구하고 눈길을 끌었다. 가까이 있어야 비로소 보이는 무엇이 있었다고 해야겠다. 그의 매력은 소리 없이 움직이는 선한 마음과 뛰어난 문학적 재능이었으니까.

날마다 독재에 항거하는 데모가 있던 시절이었다. 성신은 눈에 띄는 행동파는 아니었지만 그렇다고 뒤로 물러나 있지도 않았다. 조용하지만 강렬하게 저항했다. 말하자면 펜의 힘으로. 성신이 쓴 대자보는 유명했다. 힘차게 선동하는 문구가 아닌데도 마음을 뜨겁게 하는 감동이 있었다. 그리고 교내 지에 실리는 시는 재능의 확고부동한 증거가되었다. 국문과 학생이라면 누구나 글에 대한 욕심이 있고, 적어도 문장을 알아볼 능력은 있다. 누가 봐도 성신의 글재주는 부정할 수 없다. 욕망과 재주가 비례하는 것은 아니어서 연옥은 부러움과 질투와절망 사이를 오갔다. 그런 중에 성신이 우상이 되어갔던지도 모르겠다. 동기 여학생들도 연옥과 비슷한 감정 순례를 했던 모양이었다. 서로를 견제했는지, 어떤 심리 기제 때문이었는지 모르겠지만, 성신과 사귄 동기생은 없었다. 아무도 독점하지 못했다고, 졸업한 뒤에, 동기 모임에서 웃으며 이야기한 적이 있었다. 말하자면, 성신은 국문과 여학생들의 마음속 연인이었던 것이다. 물론 연옥을 포함한.

2학년을 마치고 성신은 입대했고 그 후로 보지 못했다. 연옥이 졸업한 후에 성신은 복학했다. 문예지에 당선되어 시인으로 등단했다는 소식도 있었다. 놀랍지 않았다. 당연한 것처럼 받아들였다. 재주에 대한 믿음이 신앙처럼 굳어졌는지도 모르겠다. 어디선가 날아드는 소식으로 연결되어 있던 성신을 다시 이어준 인연은 참 얄궂다.

소개로 만난 재신과 결혼을 결정하고 난 뒤였다.

재신의 고루한 사고방식이 당시엔 고고한 선비처럼 느껴졌다. 콩깍지가 제대로 씐 것이다. 나중에 가장 큰 갈등의 씨앗이 될 줄은 꿈에도 몰랐으니, 누굴 원망하랴. 살면서 후회도 하고 반성도 많이 했다. 특히 연애를 영화나 책으로만 한 것. 학교에 총각 선생들이 많았는데도 우습게 안 것. 행복은 바로 곁에 있다는 말은 그저 책에 있는 말이었고 영웅을 멀리서 구한 것.

결혼해 살면서 알았다. 자기가 정말 어리석었다는 걸. 결혼을 유지할 인내심이라면 상대가 누구든 큰 상관이 없겠다는 깨달음이 왔을 때에야 모든 걸 자신의 문제로 돌릴 수 있었다. 그렇다고 남편에 대한 불만이 사라진 것은 아니다. 어떤 사람과 살아도 겪어야 했을 문제로 인식했다는 뜻이다. 불만이 갈등으로 커지는 걸 억제할 수 있는 힘이 생긴 정도라 할까.

누가 어떻게 결혼했냐고 물으면 콩깍지가 중매했다고 농담처럼 말한다. '사랑의 콩깍지'란 노랫말도 있으니 그것도 사랑이라 해야 할지 모르겠다. 하여튼 콩깍지를 잃어버린 지금도 그때 그 남자랑 살고 있으니.

재신이 선물이라며 시집을 내밀었다.

동생이 쓴 것이라 말하는 얼굴에 자랑이 가득했다.

의례적인 관심을 표하며 책을 받아 들고 표지를 본 순간, 그 자리에서 기절하지 않은 것이 다행이었다. 진짜 첫사랑을 만났어도 그처럼 충격적으로 반가웠을까 싶다. 펄쩍 뛸 정도로 놀라는 모습을 재신은 흐뭇하게만 받아들였다. 연옥의 마음을 스친 세세한 의식 흐름을 재신이 몰랐던 것이 다행인지 불행인지. 연옥은 아직도 당시의 심정을 설명하기 힘들다. 반가움의 이면은 참 묘하게 복잡했다. 단정적으로 표현할 수 있는 감정이 아니었다는 것만은 분명하다.

성신의 시집을 사이에 두고서야 재신과 연옥은 황당해했다. 연옥이 성신과 같은 과 동기라는 엄연한 사실이 그제야 본격적으로 도마 위에 올랐다. 학번을 다시 맞춰보며, 한참 동안 성신 이야기를 했다. 연옥은 대학 시절 성신을, 재신은 동생 성신을. 재신은 인연이라며 기분이 좋아졌고, 연옥은 다시 보게 될 성신을 떠올렸다.

  진짜 선비가 그런 모습일까.
  대학 시절엔 글재주가 돋보였다면 다시 만난 성신은 완전한 인격자로 다가왔다. 같은 부모 밑에 태어나고 자랐어도 인격은 각기였다. 재신의 인격을 나무라는 것이 아니다. 성신의 특별함을 말하고 싶을 뿐이다. 진정한 양성 평등주의자가 있다면 저런 사람이겠구나, 란 생각이 들었다. 페미니스트란 말도 어울리지 않았다. 여자인 연옥도 성신처럼 생각하고 행동하지 않았다. 사람을 대하는 절대적인 기준이 다른 지도 몰랐다. 성신에게 모든 사람은 그저 생긴 것과 생각이 다른 존재일 뿐이었다. 온갖 종류의 꽃을 대하는 것처럼 사람을 대했다. 남자, 여자, 아이, 어른이 아니라 그냥 사람이었다. 누구와도 진지하게 이야기했고 누구와도 각을 세우지 않았다. 학생을 대하는 태도라고 달랐을까.
  공개 수업이 있을 때 수업 참관을 할 수 있었다.
  성신의 수업이 늘 궁금했던 차여서 자청해서 간 기회였다.
  과장도 억지도 없는 자연스러운 태도, 빨려들 듯 잔잔한 목소리와 설명에 연옥은 울컥했다. 물론 감정을 흔드는 문학 수업이었다고 변명할 수 있겠지만, 자신까지 속일 순 없다. 대학 시절 소녀 감성을 흔들던 그 남자가 잠시 왔다 갔다고 고백해야겠다. 수업을 듣는 여학생들의 표정도 연옥과 마찬가지였다. 연옥이 빠져있던 감정이 만든 착각이라고 해도 할 말은 없지만. 하여튼 같은 교사로서 제법 자괴감이 들게 했던 날이었다.

한창 교사로서 물이 오른 서른 중반의 추억이다.

한 번이었지만 충분했다.

그리고, 한 번이어서 기억은 더 강렬했던지도 모르겠다.

사람이 저럴 수도 있구나, 싶었던 성신이.

그런 고결한 눈으로 바라보며 가르치던 학생을?

성신의 성추행 소식을 접하는 순간 그 눈빛이 떠올랐다. 그 눈빛이 가식이었다고? 믿을 수 없어 더욱 화가 났고 분노는 이성의 눈을 멀게 했다. 어쩌면 무의식에 숨어 있던 악마가 위로 삼고 있었는지도 모르겠다.

'그럼 그렇지. 세상에 그렇게 완벽한 사람이 어디 있다고.'

부러워하고 질투했던 마음이 유치한 보상을 원했던지도.

어떤 마음이 작용했던 걸까. 연옥은 성신에게 전혀 힘이 되어주지 못했다. 바빴다고? 틀린 말은 아니다. 하지만 핑계였다는 것이 더 정답이다. 아무리 바빠도 성신의 처지에 비할 수는 없었다. 당시 성신은 온몸에 칼을 맞고 쓰러져 있었다. 칼을 뽑아주고 치료를 하는 일이 먼저여야 했다. 사람을 살리는 일보다 바쁜 일이 어디 있단 말인가. 학교 사정을 잘 아는 교사로서, 이야기를 들어주는 것만으로도, 힘이 되어주지 않았을까. 하지만 아무것도 하지 않았다. 연옥이 핑계 속에 숨어 있는 동안 성신은 자신을 버렸다. 어쩌면 자신이 아니라 비열한 세상과 세상 사람들을 버렸는지도 모르겠다.

**

미투 사건이 종결된 뒤,
폭풍이 지나간 자리처럼 연옥에게 후유증이 남았고,
학교는 다음 해에 대대적인 물갈이가 예정되어 있었다.
그리고 연옥은 일에 대한 의욕을 잃고 학교를 떠났다.

죄를 지은 자가 분명히 존재하고 처벌도 해야 했다. 하지만 진상 규명과 사건 처리에 집중되지 않았다. 사건 자체를 이기적인 목적으로 이용하려는 집단까지 있었다. 문어발식으로 마구 헤집고 다니며 기삿거리를 찾았다. 두려웠다. 작정하고 덤비면 피해 가기 어려웠다. 말

한마디 행동 하나도 꼬투리가 될 수 있었다. 결국 아무 말도, 행동도 할 수 없는 바보를 만드는 게 목적인 것만 같았다. 용기? 함부로 말할 수 있는 단어가 아니었다. 목에 칼이 들어와도 할 말은 하겠다. 그렇게 말하기는 얼마나 쉬운가. 하지만 칼 앞에서 정말 용기를 내는 자가 얼마나 될까.

물론 용기가 없었다. 목숨을 내놓으라는 상황도 아니었다. 기껏 잃어보았자 사회적인 지위, 아니면 지위에 따르는 명예 따위였다. 지나고 나서야 이렇게 대범하다. 하지만 우물 안 개구리일 때는 그럴 수 없었다. 우물 안 세상이 바로 삶의 전부였으니까. 우물을 벗어나니 달리 보이긴 했다. 누가 뭐라 하든 주어진 역할만큼 원칙대로 처리해나가면 되는 것을. 어차피 혼자 해결할 수 있는 일도 아니었고 혼자도 아니었다. 그러나 당시엔 호도하고 왜곡하는 무리를 상대로 또 다른 전쟁을 치르는 느낌이었다. 문제 해결에 집중해도 모자랄 에너지가 엉뚱한 곳으로 흘렀다. 정신없이 컴컴한 숲을 달려 나온 셈이다. 어둠은 불안을 가중시켜 실체를 똑바로 보지 못하게 했음이 분명했다.

폭풍우 속에선, 오직 사나운 비바람이 지나가기를, 다른 생각을 할 겨를도 없이, 살아남기 위한 노력에 몰두했다. 드디어 위험이 사라지고, 햇살이 비치고, 평화가 찾아왔을 때, 연옥은 극심한 우울감에 시달리게 되었다. 그 학교에 남기도 싫었고, 어딘가로 옮겨가 새로 시작할 마음은 더구나 없었다. 학생을 바라보고 있으면 자꾸 설문 내용이 떠올랐다. 좋아했던 수업에 대한 의미는 시들해졌고 자신의 안위에만 전전긍긍하던 관리자와 함께하고 싶지도 않았다. 학생의 행복만 강조하는 학교라니. 불행한 부모가 키우는 행복한 아이도 있단 말인가. 꽃은 뿌리를 믿고 핀다. 학교는 수업이 꽃이라지만 유대감이란 뿌리는 이미 시들어버렸다. 뿌리에 대한 믿음이 사라지고 무기력이 연옥을 지배했다.

무엇보다, 대학 동기며 시인이며 가족이기도 했던 성신의 자살.

생각지도 못했던 결과였다. 아니, 그 말은 거짓이다. 연옥이 알고 있었던 성신이라면, 사람됨을 의심하지 않았다면, 그런 결론을 예측할 수 있었다. 생각을 못 했던 것이 아니라 잘못 생각한 결과다.

갑작스러운 죽음 앞에선 혼란스러웠고, 뒤늦게 밝혀진 진실 앞에선 절망했다.

영원히 용서받을 수 없다는 걸 알았을 때, 연옥은 현실 자체를 외면했다. 우는 것조차 죄스러웠다. 어떤 사람은 아버지를 잃었고, 어떤 사람은 형제를 잃었고, 어떤 사람은 자식을 잃었다. 그 가족의 일원이기도 했던 연옥은 현실에서 도망쳤다. 가족의 책임감으로부터, 개인의 죄책감으로부터, 성신으로부터 달아났다. 사실은 가장 마주하기 힘들었던 복동과 영감으로부터.

자식을 앞세운 부모였다. 그들에게 성신은 어떤 자식이었던가. 알면서도 매정했다. 영감의 죽음 앞에선 차라리 한쪽 가슴이 가벼워지기까지 했다. 자식을 잃은 고통에서 벗어났구나, 하는 안도였다. 죽음 앞에서 죽음을 안도하는 경험을 어떻게 설명할 수 있을까. 그러면서도 홀로 남은 복동을 돌아보지 않았다. 더 자주 가야 했지만, 명절 의무만 겨우 챙겼다. 필사적으로 외면했다.

복동이 사라졌다는 소식을 들었을 때는,

올 것이 왔구나.

어떤 직감에 가슴이 철렁, 내려앉았다. 다시는 복동을 볼 수 없으리란 예감이 들었다. 하지만 재신에게 그런 느낌을 말할 순 없었다. 예감의 근거를 묻는다면 설명할 길이 없다. 원인도 결과도 모르는 것에 대한 설명 방법이 있기나 할까. 그렇지만 분명한 감각은 있었다. 연옥 안에서 무엇이 떨어져 나갔던 것이다. 그것이 '철렁'에 대한 설명이 될지는 모르겠다. 하지만 상실의 슬픔이니, 아픔이니, 하는 것과는 달랐다. 그 또한 일종의 안도였다. 잃은 뒤에 비로소 얻은 안도. 영감이 떠날 때와 결이 다른 허무한 안도였다고나 할까.

누군가에게 그 마음이 보인다면,

정말 나쁜 며느리다.

146

며느리가 아니라도,

그냥 몹쓸 인간이다.

정말 용서받을 수 없게 되었지만,

차라리, 란 심정으로,

연옥은,

고향에 가려고 집을 나서는 재신의 등을 바라보았다.

흐려진 눈앞에서,

쿵,

현관문이 닫혔다.

그곳에 없다

시댁엔 재신, 명신, 아신 삼 남매가 모였다.

하지만 복동의 행방은 묘연했고 이틀 뒤가 복동 생일이었다.

재신이 고향으로 내려간 다음 날 아침에 연옥은 한솔 전화를 받았다. 찬빈을 봐달라는 부탁인 줄 알았는데 아니었다. 목소리가 침울했다. 은수를 통해 복동 소식을 들었다며, 민지와 의논이 끝났고 식구가 다 같이 내려간다 했다. 할머니를 많이 좋아하는 줄은 알고 있었지만 좀 놀랐다. 한의원까지 임시 휴업을 한다니.

같이 가기로 약속하고 나니 동서 생각이 났다.

동서와 오랜만에 통화했다.

목소리가 밝아 마음이 좀 편했다.

가까이 지냈다 생각했는데, 큰일을 겪으면서 오히려 멀어졌다.

남편을 잃은 여자였다. 어떤 말이 위로가 될까, 무슨 말을 해야 할까, 고민만 하다 세월을 보냈다. 참 어른답지 못했다. 어른이 어른답지 못한 시간을 보내는 동안에도 사촌끼리는 연락을 주고받았다. 그래서 한솔을 통해 동서와 이랑, 사랑이 소식을 듣곤 했다. 한솔이 어릴 땐 자주 드나들었고 방학 땐 같이 여행도 갔다. 은수도 와서 잘 어울렸다. 아이들도 성신을 좋아해서 자꾸 그 집에 모이게 되었다. 동서 또한 싫은 내색 없이 거두어 주었다.

동서도 복동 소식을 알고 있었다. 짐작했던 일이었다. 은수가 알면 이랑이 알게 되고 동서 귀에 들어가는 건 시간문제다.

"나쁜 며느리였어요."

동서는 그렇게 말했다.

"동서가 그러면 나는 정말 할 말이 없어."

연옥은 정말 할 말이 없었다. 전화 저편에서 동서가 울고 있다는 것을 알았다. 둘은 한참 동안 휴대폰을 들고만 있었다.

"겸사겸사 이랑이 사랑이도 같이 내려가려고 해요."

이윽고 동서가 그렇게 말했다. 조금 잠긴 목소리였다. 성신이 그렇게 되고 이랑은 몇 달 동안 말도 하지 못했다. 그 소식도 한솔을 통해 알았다. 그때 동서가 얼마나 마음고생을 했을지는 상상조차 할 수 없다.

전화를 끊었다.

복동이 사라지고 나서야 생각이 많아졌다. 고향을 지키는 느티나무처럼 여기고 있었던지도 모르겠다. 언제 찾아가든, 언제나 그 자리에 있는. 그래서 늘 마음 맨 끝자리에 밀려 있었던가. 동서도 비슷한 말을 했다.

"이상하게 어머니는 잘 계실 것 같아서……. 사실 제일 힘든 분인데, 당연히 힘들었겠지요? 그런데 저 편한 대로 생각하고……."

복동 생일에 이렇게 자손들이 빠짐없이 모이는 건 처음이다.

그런데 그곳에 복동이 없다.

가장 기다릴 사람이…….

10.

우리 존재는 어떤 목적으로 세상에 왔을까.

살아가는 자체가 목적이라면 너무 잔인하지 않은가.

마음이니, 공감이니, 하는 감각이 없다면 모르겠지만.

끝이 없는 벌판에서 울고 있었다. 목청이 내지를 수 있는 한계까지 소리 내어 울었다. 울음소리가 천지로 흩어졌다. 어느 순간 소리가 사라졌다. 목에서 소리가 나오지 않았다. 그런데도 통곡 소리가 들렸다. 벌판이 울고 있었다. 사방이 통곡 소리였다. 귀를 막고 싶었다. 소름이 돋도록 끔찍했다. 차라리 자신의 울음소리를 듣는 게 나았다. 하지만 소리를 낼 수 없었다. 벌판 가득한 통곡 소리를 들으며 소리 없는 울음을 울었다.

꿈이었다.

깨고 나서도 흐느꼈다. 눈물이 얼굴에 넘쳐흘러 있었다. 일어나 앉아 어두운 방 안에서 한참을 더 울었다. 성신 오빠가 죽었다.

소식을 들었을 때,

아신은 지구가 얼마나 빨리 돌고 있는지 체감했다. 핑, 소리가 나도록 주변이 돌았다. 눈앞이 팽이처럼 돈다고 느끼는 순간 얼굴이 바닥에 있었다. 어떻게 넘어졌는지 전혀 기억에 없었다. 텔레비전 뉴스는 온통 성신이었다. 아침에 일어나 텔레비전을 켜고 바로 알았다. 리모트 컨트롤을 쥔 채로 얼어버렸고 바닥에 쓰러진 채 정신이 돌아왔다. 뉴스는 계속 같은 것을 내보냈다.

오빠는 죽어버렸다.

아무것도 할 수 없게 되다니.

누운 채 몇 시간을 보냈다. 머리를 조금만 움직여도 눈앞이 돌았다.

살아 있는 아신조차 아무것도 할 수 없었다. 오빠가 죽었다는데. 무얼 할 수 있는가. 무얼 해야 하는가. 목숨이 없다면 그 무엇도 소용이 없었다. 죽은 뒤에야 목숨을 걱정하다니. 체면이니, 명예니, 하는 것은 아무런 무게가 없었다. 죽음 앞에선 어떤 것도. 그것이 죽음이었다. 결코 되돌릴 수 없다는 것. 그걸 이제야 깨닫다니. 그렇게 처절한 경험으로 얻을 수 있는 깨달음이라면, 아무것도 모른 채 사는 것이 나았다.

***

영감은 날마다 술로 살았다. 이해했다. 아신도 그렇게 살고 싶었다. 현실을 잊고 싶었고 자신을 버리고 싶었다. 죄책감과 후회는 밤낮이 없었다. 한시도 조용히 두지 않는 의식의 흐름. 끈질긴 고문이었다. 피를 말린다는 게 이런 것인가, 싶었다. 아신이 그렇다면 영감이 술을 먹는 건 당연했다. 그렇다 해도 영감의 심정을 제대로 읽었다 할 수 있을까. 그저 짐작일 뿐이지 않은가. 결국은 자신의 경험과 의식을 통과한 프리즘일 뿐. 피와 살을 나누어준 아버지라도 엄연히 다른 인격

체니까.

처음 보는 모습이었다. 술 취한 모습도 낯설지만 그건 아무것도 아니었다. 영감은 모든 일에서 손을 놓았다. 일을 하지 않는 영감이라니. 방에서 나오지 않는 영감이라니. 얼굴이 점점 하얘지는 영감이라니.

일이 없으면 쳐낸 나뭇가지로 윷가치라도 만들어야 했다. 그래서 주방 서랍엔 항상 네 개씩 묶인 윷이 수북했다. 요즘은 윷 노는 일이 드물다 보니 만드는 사람도 없었고 손으로 만든 윷은 구하기 힘들어졌다. 그래서 찾는 사람들한테 선물로 주면 아주 좋아했다. 가게에 파는 것은 뭉툭해서 던져도 손맛이 나지 않는다면서. 말수는 적지만 그렇게 언제나 손으로 말을 했던 영감이었다. 그 부지런했던 손은 술을 따르고 마시는 일에만 썼다. 성신이 살아 돌아오지 않는 한 영감의 손도 돌아오지 않을 걸 알고 있었다. 아신은 기대하지 않았다. 희망이 없었고 미래도 없었다. 고향 집에 갈 때마다 절망이 깊어졌다. 하지만 감히 드러내지 못했다. 복동 앞에서 그럴 수는 없었다. 겉으로 보이는 복동은 의연했다. 집안을 돌보고 영감을 돌보았다. 참 조용한 집이었다. 말소리도 웃음소리도 없는. 성신은 영감의 말을 빼앗고 복동의 웃음을 거두어갔다.

후회도 거두어갔으면 얼마나 좋았을까.

아신은 복동과 마주 앉아 밥을 먹었다. 영감은 건넌방에서 혼자 술을 마셨다. 자식 누구도 영감을 밥상 앞으로 부르지 못했다. 복동은 밥을 먹을 때마다 그렇게 말했다. 둘이 있을 땐 가끔 숟가락을 들기도 한다고.

조용한 식사 시간. 숟가락이 그릇에 부딪히는 소리와 씹는 소리가 거슬릴 정도였다. 온갖 생각이 머리를 지나갔다. 복동의 머리엔 어떤 생각이 지나가고 있었을까. 알 수 없다. 아신은 그저 자신을 괴롭혔던 생각만 말할 수 있을 뿐이다.

추억과 반성과 후회가 두서없이 지나갔다.

"이랑 아빠가 그럴 리가 없잖아요?"

새언니는 도리어 이상하다는 듯 반문했다. 그 말을 듣는 순간 자신이 의심하고 있었다는 걸 인지했다. 아니, 딱 들키고 말았다. 아신이 아는 성신은 자상하고 성실하고 멋진 오빠였다. 오빠로서는 일등이지만 다른 모습이 있을 수도 있다는 의심이 분명 있었다. 뉴스를 그대로 믿지 않는다 했지만, 새언니를 속이진 못했다. 부부는 다르구나, 상대를 훤히 안다는 것이 그런 것인가, 싶었다. 새언니 믿음은 굳건했다. 아신도 말은 그럴싸하게 했다. 저도 오빠 믿어요, 라고. 거짓말이었다. 믿었다면 찾아갔어야 했다. 통화라도 해야 했다. 왜 당사자가 아니라 새언니와 통화를 했단 말인가.

아니, 오빠가 나빴다. 아신을 기다려주지 않은 성신이 나빴다. 조금만 더 기다려주었으면 갔을 것이다. 전화라도 했을 것이다. 후회를 하다가 마지막엔 꼭 성신을 원망했다. 모든 잘못을 죽은 자에게 몰아주려는 것처럼. 그러면 후회가 끝날 것처럼.

생각지도 못한 날이라니,

너무 빨랐다니,

그런 핑계가 제일 나쁠지도 모르겠다.

성신한테는 순간순간이 영겁 같았을 테니.

이런 후회의 시간이 더 아팠다.

***

아신이 태어났을 때 성신은 이미 중학생이었다.

학교에서 돌아오면 아신을 많이 업고 다녔다. 명신 언니는 친구들과 노느라 바빴고, 재신 오빠는 기억에 별로 없었다. 아신이 초등학교 입학하기도 전에 재신은 대학생이 되어 집을 떠나 하숙했고 방학 때나 내려왔다. 고등학교 다닐 때는 아침 일찍 등교하고 컴컴해져야 들어왔기 때문에 얼굴 보기가 더 힘들었다. 그래서 교복 입은 재신은 더

155

기억에 없었다. 아무리 생각하려 해도 성신 모습만 자꾸 떠올랐다.

물론 재신 기억은 아신과 다르다. 어릴 적 아신 모습을 떠올리며 몹시 섭섭해한다. 일요일이면 종종 안고 구멍가게 갔노라고, 사탕을 손에 쥐면, 오빠 최고, 라며 소리를 질렀다고, 얼마나 예쁘고 깜찍했는지, 얼마나 재신을 따르고 좋아했는지, 감격에 겨워 이야기했다. 그런 추억담을 듣고 있어도 그저 성신의 등만 떠오를 뿐이었다. 너무 어릴 때라 잊어버린 건지 더 강렬한 기억이 덮어버린 건지 모르겠지만 좀 미안하긴 했다.

성신은 학교에서 돌아오면 가방만 던져놓고 등을 보이며 앉았다. 교복을 입은 채였다. 달려가 목을 안고 매달리면 곧 덜렁 다리가 들리고 몸이 쑥 올라가며 세상이 달라졌다. 마당은 저 아래로 내려가고, 나뭇잎은 바로 눈앞에서 흔들렸다. 그리고 까치발로 안간힘을 쓰지 않아도 대문 걸쇠에 닿는 손.

아신아, 대문 열어 봐.

성신은 대문 앞에 서서 늘 그렇게 말했다. 오빠의 영차, 소리에 맞춰 걸쇠를 밀고 대문을 당기면 또 다른 세상이 열렸다. 이웃 담장 머리가 눈앞에 있고, 기와지붕이 보이고, 담 너머로 뻗은 나뭇가지가 머리에 닿을 듯했다. 혼자서 골목을 다닐 때랑 모든 것이 달랐다. 옆집에 사는 은경이나 세탁소집 미진을 만나면 크게 이름을 부르고, 좀 이

따 놀자, 지금은 오빠랑 놀아야 돼, 라며 손을 흔들었다. 그럴 때 아신을 쳐다보는 은경이나 미진이 다른 사람 같았다. 왠지 슬퍼 보였다. 어른 오빠가 없으니까, 업어주지 않아서 그런지도 몰랐다. 그런 생각이 들면 얼른 얼굴을 돌리고 오빠 목에 바짝 매달렸다.

골목을 한 바퀴 돌고 집으로 들어설 땐 늘 허전했다. 발이 마룻바닥에 닿으면 갑자기 온몸에 힘이 빠져 털썩 주저앉게 되었다. 아마 표정도 시무룩했으리라. 그런 아신을 돌아보며 성신은 말했다.

"우리 예쁜이, 내일 또 업어줄게."

그 말을 듣고서야 다시 일어날 수 있었다. 그리고 믿었다. 내일 또 업어준다는 걸. 헛말은 하지 않았으니까. 말대로 하지 못했으면 눈을 맞추고 꼭 설명을 했다. 아신이 기억하는 성신은 그렇게 처음부터 든든한 어른이었다. 그도 한때는 아기였고 어린아이였을 테지만 아신한테는 없는 기억이었다. 그래서 부모 그늘과 결이 또 다른 그늘이 되어주었던지도 모르겠다.

어느 해 성신도 대학생이 되어 집을 떠났다. 추억은 동화처럼 아련해졌고 떠난 그들은 다시는 집으로 돌아오지 않았다. 그곳에서 직업을 얻고 결혼을 하고 정착했다.

객관적 의식이란 것이 있을까. 말처럼 가능할까.

두 사람이 같은 나무를 보면 같은 모습으로 인지할까.

보고 있는 눈이, 의식이 다른 존재의 인식이 같을 거라 단정할 수 있을까?

만약 같다면, 인식이 같다는 것을 어떻게 증명할 수 있을까.

몸은 성인이 될 때까지 자라지만 의식은 언제까지 자랄까.

의식도 몸처럼 성장이 멈추는 때가 있을까.

형제자매가 같은 집에서 같이 살아도 경험이 같다고 할 수는 없다. 각자의 의식 세계로 받아들이는 경험은 생각보다 많이 다르다. 하지만 어릴 때는 그 차이를 인식하지 못한다. 자기 생각과 비슷하거나 같으리라 여기며 산다. 그러다 나중에 차이를 인식하고 놀란다. 성인으로 각기 다른 곳에서 다른 사람과 관계를 맺고 살다 다시 만났을 때, 비로소 인지하게 되는 경우가 많다. 살면서 변했을 수도 있지만 몰랐거나 드러나지 않았던 면이기도 하다. 서로가, 본래 그랬어? 네가 이런 사람이었어? 하며 새삼스럽게 같이 지냈던 어린 시절을 돌아보게 한다.

아신은 사실 더욱 모를 수밖에 없었다. 같이 부대끼며 살았던 기간이 너무 짧았다. 명신이 막내로 십 년을 살았는데 진짜 막내가 태어났던 것이다. 그래서 아신은 위로 셋과 나이 차이가 컸다. 아신이 초등학교에 들어갔을 땐 부모랑 세 식구만 집에 남았다. 언니 오빠는 대학생이 되면서 차례로 집을 떠났기 때문이다. 그 짧은 세월에, 그리고 그 나이에 사람을 알면 얼마나 알까. 언니 오빠들의 가치관이나 성향을 잘 모를 수밖에 없었고 그럴 기회도 없었다.

방학이나 명절에 모이긴 했지만 그건 일상이 아니었다. 가끔 만나는 가족은 어떤 면에선 손님 같기도 했으니까. 얼굴을 보는 것만으로 반가운 시간 속에 고유한 특성이 제대로 드러날 수 있었을까. 그저 모이면 먹고 쉬고 옛날이야기나 했다. 추억담 속엔 갈등도 없었고 의견 대립도 없었다. 같이 사는 식구가 매일 추억이나 씹고 있진 않을 테니 분명 일상과 거리가 있었다. 그런데도 보이는 그 모습이 전부라고 생각했던지도 모른다.

대신 부모 성향이나 생각엔 깊이 다가갈 수 있었다.

달리 말하면 너무 밀접했고 점점 의존도가 올라갔다.

30년 가까이 셋이 살았으니까.

문제는 거기에 있었던지도 모르겠다.

지나친 관심이 힘들어졌다. 가끔 괜히 밥을 거르고 싶어도, 아무것도 하지 않은 채 혼자 있고 싶을 때도, 이유를 만들고 표정 관리를 해야 했다. 호강에 겨워 투정을 부린다 해도 할 말은 없다. 끝이 없는 것이 부모 사랑이란 것도 안다. 알면서도 자꾸 다른 생각을 하게 했다. 외로워서 결혼을 하지만 결혼이 속박이라 느껴져 다시 자유를 꿈꾸는 부조리처럼. 의존도가 커질수록 독립에 대한 열망도 높아졌다.

복동과 영감은 미혼 자식은 결혼을 해서 집을 떠나야 하는 걸로 알았다. 그런데 아신은 결혼 생각이 없었다. 그러니 아신의 독립은 처음부터 문제를 안고 있었던 셈이다. 어느 쪽이든 생각을 바꿔야 하는 문제를. 결혼을 하면 가장 간단하지만 사실상 가장 불가능한 일처럼 느껴졌다. 차라리 독립을 포기하는 것이 쉬울지도 몰랐다. 결혼할 마음이 전혀 생기지 않았으니까. 이유를 묻는다면, 그냥, 이라고 할 수밖에 없다. 하지만 그 답은 납득할 만한 이유가 되지 못했다. 결혼이 당연한 사람들한테는. 당연히 결혼하는 것처럼 당연히 결혼하지 않는 것이 왜 이상할까. 밥이 주식인 사람도 있고 빵이 주식인 사람도 있는데. 고기를 먹는 사람도 있고 고기를 먹지 않는 사람도 있는데. 아이를 원하는 사람도 있고 원하지 않는 사람도 있는데. 다른 식성과 다른 취미와 다른 성향일 뿐이지 않은가.

아신은 결혼하고 싶었던 적이 없었다. 친구들이 차례로 웨딩드레스를 입고, 결혼식에 온 미혼 친구들이 부러운 눈길로 볼 때도, 그냥 그랬다. 사실 친구들도 아신의 마음을 멋대로 부정했다. 같이 부러워해야 하는 모양이었다. 아무리 설명해도 곧이듣지 않으니 나중엔, 내가 이상한가? 의기소침해져 입을 닫게 되었다. 결혼하는 이유는 없어도 결혼하지 않는 이유는 있어야 한다니.

사실 결혼에 대한 압박이 독립에 대한 열망을 부추겼다고 할 수도 있다. 당시 복동과 영감한테 가장 걸리는 일이 막내의 결혼이었다. 물론 아신 생각은 알고 있었다. 그래서 더욱 걱정이었다. 어떻게든 마음을 돌려보려 애를 썼다.

잊을만하면 '좋은 총각'이 밥상머리에 올랐다. 복동이 어디에서 그렇게 많은 '좋은 총각'을 찾아내는지 신기했다. 애쓰는 마음을 마냥 무시하기도 힘들고 자신을 이해시키는 건 더 힘들었다. 아신이 눈앞에 있는 한 부모가 포기하는 일은 결코 없을 터였다. 결단을 내려야 했다. 그리고 마음을 굳혔다.

독립해야겠다.

결심은 새로운 국면의 시작이었다. 결심하고 나니 부모 마음이 제일 걸렸다. 그들이 살아온 세월과 의식에 비추어 보면 청천벽력 같은 선포일지도 몰랐다. 정말 마음 상하게 하고 싶지 않았다. 그저 충격을 줄일 방법을 찾느라 고민이 많았다. 이왕이면 아신도 가볍게 독립하고 싶었으니까. 그래서 묘수라도 찾았는가? 묘수가 딱 하나 있긴 있었다. 독립을 포기하는 것. 그러니 묘수는 찾지 못했다고 해야겠다. 고민은 그렇게 아무런 성과 없이 끝이 났고 가장 고전적인 방법으로 접근했다.

간곡하게 호소하고 설명하는 것.

"멀리 가는 것도 아니잖아요."

"아니다 싶으면 언제든 돌아올게요."

"자주 와서 자고, 부르면 언제든지 올게요." 등등.

그런데 막상 터뜨리고 나니 강적이 따로 있었다.

오빠, 언니 반대가 극심했다. 성신만 아신 편에 섰다. 부모가 끝까지 반대하면 어쩌나, 반허락이라도 받아야 서로 상처가 되지 않을 텐데, 하는 생각에만 골몰했다. 그러다 생각지도 못한 데서 미리 상처입고 말았다. 재신과 명신이 차례로 전화해 나무랐다. 그건 정말 의외였다. 두 손 들어 찬성하길 바라진 않았지만 극구 반대할 일인가 싶었다. 아신도 성인이었다. 그것도 서른이 훨씬 넘은. 관심을 가질 순 있어도 통제까진 아니지 않은가. 이제까지 아신이 알던 언니, 오빠가 아닌 것 같았다. 아니면 아신이 그들을 잘 몰랐거나.

돈을 달라는 것도 집을 팔아 달라는 것도 아니었다. 유부남을 사랑한 것도 남의 가정을 깨는 일도 아니었다. 아픈 부모를 나 몰라라 하려는 것도 생계 곤란한 부모를 버리는 일도 아니었다. 그냥 어른으로 독립생활을 하겠다는 것이었다. 경제적으로 정신적으로 성인임을 선포한 것뿐이었다. 그런데 아신이 마치 못 할 짓을 하려는 것처럼 나무랐다. 독립의 기준은 오직 결혼, 결혼하지 않으면 나갈 수 없다, 그렇게밖에 들리지 않았다. 훈계 아닌 훈계 전화를 몇 번 받고 나니 독립도 하기 전에 마음부터 멀어졌다. 허탈하고 슬펐다.

아무리 결심이 굳어도 강물을 거슬러 올라가는 일은 힘겹다.

힘들었다. 그래도 언니, 오빠 마음은 애써 무시할 수 있었다. 어차피 사는 곳이 다르니 일상이 불편하진 않았다. 하지만 부모는 그럴 수 없었다. 같은 밥상에 앉아 밥을 먹는 것도 편하지 않았다. 영감과 복동은 말을 아꼈다. 독립 이야기가 나오는 걸 피하고 싶은 것이었다. 그저 아신이 마음을 바꾸기만 바라고 있는 게 분명했다. 자식 눈치를 보고 있지 않은가. 잘못한 것도 없이. 그럴 때면 마음이 흔들렸다. 할 짓이 아니었다. 칼을 뽑아 들었지만 제대로 베지도 못하고 시간이 흘렀다.

실마리는 갑자기 풀렸다.

성신이 고향에 다녀간 뒤였다.

일요일이었고 아신은 얼굴을 보지도 못했다. 하루 종일 새 안무를 짜고 연습을 하느라 연습실에 있었다. 성신은 그사이 하룻길에 다녀갔던 것이다. 집에 돌아왔을 땐 이미 저녁때였고 씻느라 더 늦어버렸다. 먼저 드세요, 하고 샤워를 하고 나오니 두 분은 아신을 기다리고 계셨다. 솔직히 좀 실망했다. 일부러 피하긴 그렇지만 밥상에 같이 앉는 것이 괴로웠던 그즈음이었다. 혼자 먹게 되었구나, 하며 은근히 좋아했는데. 그래도 티를 내지 않으려 애쓰며 로션만 바르고 서둘러 밥상에 앉았다.

"하루 종일 뛰고 배고플 텐데 먹고 씻지."

복동이 말했다.

"어서 먹자."

영감도 거들었다.

이 자연스러움은 무엇? 오랜만에 돌아온 밥상머리 대화였다. 먼저 말을 하면 손해라도 볼 것처럼 눈치만 보며 밥을 먹었던 시간이 훌쩍 달아나는 순간이었다. 그리고 더 놀라운 일이 기다리고 있었다.

"막내야!"

복동이 아신을 불렀다.

"너 하고 싶은 대로 해라."

영감이 다시 거들었다.

아신이 부모를 쳐다보았다.

그런데 두 분의 눈길은 밥상에 가 있었다. 아신이 아무 말도 못 하고 계속 쳐다보았지만 모른 척 반찬 그릇을 아신 앞으로 밀었다.

"밥 먹자."

영감이 다시 그렇게 말하며 밥을 한 숟가락 입으로 가져갔다. 그걸 신호로 셋은 부지런히 밥을 먹었다. 아신은 아무 말도 하지 못했다. 고마운 마음을 표해야 하는데 할 수 없었다. 이미 아신이 독립을 선포하기 전의 밥상이 돌아와 있었다. 영감과 복동은 아무 일 없었던 듯 밥을 먹었다. 새삼, 고맙습니다, 라니. 그런 말은 그 자리에 어울리지 않을 것 같았다. 아신이 독립하는 걸 한사코 말리고 싶었던 부모였다. 허락을 했지만 그건 분명 아신을 위한 결심이었을 것이다. 두 분 마음은 아직 섭섭함에 출렁이고 있을지도 몰랐다. 굳이 감사하단 말로 현실을 강조하고 싶지 않았다.

성신이 부모한테 무슨 말을 했는지 아신은 듣지 못했다.

영감과 복동이 굳이 전하지 않는 걸 물어보고 싶지 않았고 성신도 자세히 설명하지 않았다. 그날 저녁을 먹고 잠깐 통화했던 것이 끝이었다. 성신은 지나가는 말처럼 이런저런 이야기를 했다. 그건 부모한테 했던 말이 아니라는 걸 알 수 있었다. 별 이야기가 아니었다. 왜 그런 이야기를 하나 싶었으니까. 그렇지만 전화를 끊고 나니 어깨에서 짐을 내린 듯 편했다. 그 말들이, 부모가 원치 않는 일을 하려는 마음에 위로가 되었는지도 모르겠다.

'부모가 말린다고 다 들어주는 자식이 어디 있냐? 말려야 부모고 안 들어야 자식이지. 우린 다 배신자인 셈이다. 가족을 배신해야 새 가족을 만들지. 오빠도 그렇고. 모든 어른 동물은 자기 서식지가 있어야 되거든. 없으면 찾아서 떠나야지. 그래도 인류는 부모를 돌아보는 유일한 존재니까 이런 고민을 하는 거다. 고민될 때마다, 아, 내가 인간이라는 증거구나, 하면 되지. 인류 특징 살려 사람 구실 하고 싶으면 자주 돌아보고 찾아가면 되고. 집 떠나 다시는 안 올 거라면 몰라도. 독립이 무슨 큰일이라고, 그냥 자연스러운 과정이지. 늦었지만 축하한다.'

대충 정리하면 이런 내용이었다.

오빠인 성신이 성신이란 오빠로 달라진 날이었다. 자주 업어주었던 든든한 등의 기억에 대적할 만한 다른 무엇이 생겼던 것이다. 그동안은 오빠라서 좋았다면 성신이란 사람이 오빠여서 좋아졌다고 해야 할까. 어른으로서 어른을 알게 되었다고 해야 할까.

형제자매라서 서로를 가장 잘 알 것이라고 확신한다면 오산이다.

아신은 한 인간으로서의 성신을 잘 알지 못했다. 그의 가치관, 생각, 생활을 몰랐다. 아신의 독립을 적극 지지하며 했던 행위와 말이 놀랍게 다가왔다는 것이 그 증거였다. 물론 그 일로 새롭게 알게 된 점이 있다 해도, 마찬가지였다.

166

성신을 가장 잘 알았던 사람은 새언니 미나였다. 둘은 성인이 될 때까지 서로 얼굴도 몰랐던 남이었지만, 인연이 되어 만났고, 동반자로 살았고, 서로에 대한 믿음은 확고했다. 확고한 믿음은 인격에 대한 믿음인지도 몰랐다. 사람을 안다는 것은 결국 생각의 방향과 성품을 안다는 것인지도. 그래서 성추행 문제가 일어났을 때도 미나의 태도는 흔들리지 않았다. 하지만 아신은 달랐다. 절대 그럴 사람이 아니라고 확신하는 미나 앞에서도 아신은 그럴 수 없었다. 성신의 인격을 의심했던 것이다. 제대로 알지 못하면 의심이 생길 수 있다는 걸 나중에 알았다. 이미 되돌릴 수 없는 상황이 되어서야.

＊

순서가 있다면 자식이 부모의 뒤를 따르는 것이 자연스럽다.

그래서 부모의 죽음은 결국 받아들이게 되었는지도 모르겠다.

영감이 의식을 잃고 쓰러져 입원했을 때 아신은 알게 되었다.

말 한마디 못하고 영원히 눈을 감았을 때는 확실해졌다.

성신의 죽음이, 아신이 겪은 가장 큰 충격이었다는 걸.

복동의 행적이 사흘째 오리무중인 지금도 마찬가지다.

먼저 간 성신이 생생하게 밉고 징그럽게 그립다.

중양절

형님 전화를 받았다.

중양절이 다시 돌아온 것 같았다.

예상치 못한 눈물 때문에 한참 동안 말을 못 했다.

중양절을 코앞에 두고 복동이 사라졌다.

복동 생일은 중양절과 겹쳤다. 성신과 결혼을 하고 보니 시댁은 중
양절 제사를 모시고 있었다. 미나는 그때까지 중양절이 무슨 날인지
도 몰랐다. 지금도 자세한 유래는 모르지만, 자손들한테 좋으라고 오
갈 데 없는 조상님 제사를 모신다고 했다. 하여튼 제사상이 시어머니
생일상이 되는 셈이었다. 그래서 생일이란 느낌도 없었지만, 날짜가

맞지 않으면 내려가기도 힘들었다. 추석이 얼마 지나지 않아 치르는 제사이기도 해서 추석에 내려가는 걸로 대신하는 분위기였다.

어쩌다 중양절이 휴일과 겹치는 해가 있다. 그러면 온 식구가 소풍 가듯 내려갔다. 애들이 학교 다니기 전엔 미나가 사촌들을 모두 데리고 가기도 했다. 누가 얼마나 오든 복동은 갖은 먹을거리를 해놓고 기다렸다. 해마다 상차림이 변해서 나중엔 참 이상한 제사상이 되었다. 아이들이 좋아하는 걸 하나둘 보태다 보니 그렇게 되었을 것이다. 한솔이나 은수네 식구까지 오게 되면 그야말로 잔치였다. 아이도 어른도 하루 종일 먹고 놀았다. 애들은 할머니 집에 간다고 하면 먹으러 가는 줄로 알았다. 그 풍성했던 잔치는 참담한 사고와 함께 끝나 버렸다.

그해 가을 성신이 세상을 떠났고,

다음 해 가을엔 영감이 뒤를 따랐다.

중양절에 앞서 영감과 성신의 제사가 생긴 것이다.

즐거웠던 추억조차 아픈 가을이 되었다. 차라리 가을이 통째로 날아가 버렸으면 싶었다. 그래도 가을이 돌아왔고 중양절도 찾아왔다. 물론 복동의 생일도. 하지만 생일 축하라는 말은 차마 하지 못하게 되었고 다른 할 말도 찾을 수 없었다. 할 말이 없으니 전화조차 꺼려졌다. 온 집안이 약속이나 한 듯, 복동은 태어나지도 않은 사람처럼, 그날을 보냈다. 생일이 웬 말이냐는 복동 말에 모두 순종했다. 그야말로 핑계가 좋았다. 그렇게 복동의 생일은 사라졌다. 다만 중양절 제사 핑계로 아신 아가씨만 해마다 참석했다. 조용한 중양절이었을 것이다. 정말 그렇게 보내고 싶었을까. 둘이서만. 생일이 아니라 제사 때문에 아신을 마다하지 않았던 것일까.

틀렸다.

복동은 기다렸다. 중양절을 핑계로 모이기를 기다렸다. 아신과 둘만 지내는 제사를 바라진 않았다. 미나는 확신했다. 이렇게 분명히 보이는 것을 그동안 왜 보지 못했을까.

복동이 사라졌다는 말을 듣는 순간 중양절이 떠올랐다.

그리고 한 상 가득 차린 제사상 앞에 앉아 있었을 복동의 모습도.

그 음식을 보면서 무슨 생각을 했을지도.

11.

이랑, 사랑 얼굴이 떠올랐다.

미나 생각은 하지 않았다. 제일 미안한 사람인데, 이상했다. 미나는 끝까지 성신을 의심하지 않았다. 참 고맙다. 그에겐 믿어주는 아내가 있었다. 그래서 그랬는지도 모르겠다. 미나 마음엔 신경 쓰이지 않았다. 적어도 배신감에 괴로워하지 않아도 되는 마음에 안심이 되었는지도. 하지만 자식은 달랐다. 이랑과 사랑의 눈빛을 생각하면 맥이 빠져 살 수가 없었다. 그렇다고 앉혀놓고 설명하긴 싫었다. 믿음이란 걸 구걸하는 것 같았다. 자신의 결백을 설명해야 되는 처지가 그렇게 구차하다는 걸 처음 알았다. 성신은 어떤 오해도 말로 해명할 수 있다 생각하고 살았다. 자신만 깨끗하면 오해는 말 그대로 오해일 뿐이라 믿었다. 이런 사건에 휘말리기 전까지는.

설득과 설명은 어렵지 않았다. 교사가 갖추어야 할 당연한 자질이라 여겼다. 남들이 인정했고 자신도 부정하지 않았던 능력이었다. 하지만 죄인이란 낙인이 찍힌 사람에겐 어떤 능력도 작동이 되지 않았다. 노력할수록 올가미가 더 조여 올 뿐이었다.

성추행이라니.

교육청에 신고가 들어갔고 그날로 교실에 들어갈 수 없게 되었다.

'미투'가 세상을 뒤흔들 때는, 올 것이 왔구나, 했다. 위력 앞에 어쩔 수 없이 굴복했던 약자의 공개적인 외침! 세상의 변화와 그 용기에 박수를 보냈다.

자신을 향한 화살이 될 수 있다는 불안이 한 톨이라도 있었을까.

전혀 상관없다는 생각이 오만이었을까.

알게 모르게 지은 죄가 있을 것이란 겸손을 배워야 했던 걸까.

저지르지도 않은 일에 대한 반성까지 끌어오게 한 충격적인 사건은, 한 인간을 바보로 만들기에 충분했다.

성신에게 여자는 미나뿐이었다. 미나도 그건 잘 알고 있다. 미나는 성신이 첫 남자가 아니지만, 성신한테 미나는 유일한 여자다. 물론 그 사실은 부부만 아는 비밀인지도 모르겠다. 떠벌리고 설명하고 이해시킬 일은 아니었으니까. 어디까지나 둘만의 역사다. 하지만 일이 터지자 부부 사이도 설명해야 할 처지가 되고 말았다. 행동 하나하나 의심받고, 오해받고, 그리고 상처받았다. 설명하기도 싫었지만 어떤 해명도 변명으로 받아들였다.

성신을 향한 의심의 눈초리.

억울한 누명보다 더 견디기 힘들었던 것이 불신의 눈빛이었다. 특히 믿었던 사람들의 흔들리는 눈빛. 더구나 딸인 이랑과 사랑의 외면. 차라리 따지고 물어주었으면 했지만, 아무것도 묻지 않고 피해 다녔다. 하루아침에 온 나라가 성신을 손가락질했다. 신고를 한 여고생은 성신이 국어를 가르치는 반 학생이었다. 이름도 모르고 그저 얼굴만 익은 조용한 학생이었다. 성신이 엉덩이와 허벅지를 만졌단다. 더구나 교무실에서. 도무지 환장할 일은 그 학생을 부른 일조차 없다는 사실이다. 사건이 일어나기 전까지 이름도 몰랐다. 그런 짓을 굳이 공개된 교무실에서 한다니. 상식을 벗어난다는 반박도 물론 믿어주지 않았다. 나중엔 가르치는 학생 이름조차 모른다는 비난이 더해졌다. 그리고 공개된 장소에서 뻔뻔한 짓을 했다는 비난까지.

성신의 설명 능력은 아무런 힘이 되어주지 못했다.

빛났던 모든 자질은 자괴감의 재료가 되어 너덜너덜해졌다.

아무도 성신의 말을 믿지 않았다. 아니, 들으려고도 하지 않았다. 하루아침에 파렴치한이 되어 집안에 갇힌 신세. 조사가 끝날 때까지 아무것도 할 수 없었고 아무것도 정해지지 않았다. 미래가 없었다. 추행을 하지 않았다는 증거를 어디에서 찾는단 말인가. 있지도 않은 일의 증거라니. 여학생의 증언은 확실한 증거가 되었고, 성신의 부정은 조롱거리가 되었다. 언론은 이미 성신을 범죄자로 대했다.

언론이 저지른 가장 잔인한 결과는 바로 곁에서 일어났다.

그렇게 가까웠던 사람들도 언론에만 귀 기울였다. 당사자에게 직접 묻지 않았다. 지척에 두고도 들으려 하지 않았다. 간혹 물어주는 사람조차 의심의 눈초리를 거두지 않았다. 믿었던 사람의 눈에 떠도는 불신. 그 눈빛 앞에서 무슨 말을 하고 싶겠는지. 냉철한 형수마저 성신을 바로 보지 않을 때 알았다. 극복할 수 없는 일을 당한 것이라고. 빠져나오려 애쓸수록 더 비참해지리라는 걸. 거미줄에 제대로 걸린 하루살이 꼴이 되었다는 걸. 수렁에 빠진 자만이 알 수 있는 절망과 공포가 밀려왔다.

더 이상 허우적거리고 싶지 않았다. 차라리 조용히 가라앉고 싶었다. 같은 말을 수십 번하고 같은 내용을 수십 번 썼다. 아무도 곧이듣지 않는 말을 그만큼 했으면 되었다. 할 만큼 했다. 어떤 노력도, 설명도 무용지물이 되는 세상이 있다는 것을 알았다. 그런 세상에서 벗어나기로 했다. 결심을 하자 차라리 지옥 불처럼 타오르던 마음이 차갑게 식었다.

결심을 하고 나서 고향 집을 찾았다.

복동과 영감이 모르고 있다는 사실이 유일한 위안이었다.

모를 때 떠날 수 있어 다행이었다.

영감과 복동을 보고 나서는 아무도 만나지 않았다. 살고자 하는 의욕을 버리니 모든 것이 부질없어졌다. 오해를 하든지 이해를 하든지 그건 성신이 버리고 떠날 세상의 일이었다. 세상아 잘 있어라. 나는 간다. 그런 심정이었다. 그걸로 끝인 줄 알았다. 리셋! 되었습니다. 분명히 그래야 했다.

고향 집으로 달려가고 있었다.

부러지고 찢어진 몸을 뒤로하고 달렸다.

아무것도 아니었다. 몸은 정말 옷과 마찬가지였다. 언제든 갈아입을 수 있구나. 그렇게 집착하지 않아도 되는구나. 몸에 갇혀 떨고 있을 필요가 없었구나. 돌팔매 따위 맞아도 상관없었구나. 어차피 언젠가는 벗어버릴 몸이었다. 그 몸이 욕먹는 게 두려워 미리 던져 버렸구나. 죽는 게 두려워 미리 죽어버리는 어리석은 짓을 저지르고 말았다. 바람에 날아가는 모자를 주우려다 제 몸을 낭떠러지에 던진 꼴이라니. 진짜는 따로 있었다. 가짜에 눈이 멀어 진짜를 보지 못했구나. 진정 지켜야 할 것들을, 부모 마음을, 성신을 믿었던 마음을 같이 버리고 말았다.

비를 맞으며 전망대에 서 있을 때 깨달았어야 했다.

그랬다면 돌이킬 수 있었다.

끝까지 부딪치며 살 수 있었을 텐데.

이렇게 부서질 몸이었다면 싸우다 부서졌을 텐데.

비가 떨어지는 어두운 하늘로 몸을 던지는 순간 후회했다.

아차!

그리고 더 이상 쓸모없어진 걸레 같은 몸에서 나와 달리기 시작했다.

성신은 아침에 인사하고 나온 집으로 몸도 없이 가고 있었다.

어머니, 아버지! 어리석은 자식을 용서하십시오!

***

성신이 피투성이가 된 채로 마루로 들어섰다.

텔레비전을 보고 있던 김영감이 화들짝 놀랐다. 잠이 든 것이 아니다. 그러니 꿈도 아니다. 놀란 영감이 방안을 둘러본다. 안방 문은 꼭 잠겨있고, 텔레비전은 뉴스를 내보내고 있고, 복동은 잠이 들었다. 달라진 것이 아무것도 없다. 저녁을 먹고 텔레비전을 켰고 늘 그랬듯 복동은 뉴스가 끝나기도 전에 잠이 들고 말았다. 영감은 혼자 뉴스 방송을 보고 있었다. 꼭 닫힌 방문 너머에 있는 대청마루가 보일 리가 없다. 앉은 채로 잠이 들었던가. 그런 의심을 할 수밖에 없었지만, 가슴이 쿵쿵 뛰었다. 꿈이라도 섬뜩하다. 더구나 아침에 떠난 성신이 그런 모습이라니.

영감은 일어나 마루로 나갔다.

캄캄하다.

아무도 없는 대청마루에 우두커니 서 있었다.

어디서 풀벌레가 울었다.

무슨 일이 있구나.

성신이 지난밤에 불쑥 찾아왔을 때 낌새가 있었다. 무슨 일인지 털어놓으면 했지만 하지 않았다. 어미랑 둘이 있으면 하려나 싶어 일부러 둘이 자도록 건넌방으로 건너갔다. 아침에 성신을 배웅하고 들어오는 복동한테 물어보았다. 무슨 다른 이야기가 있던가? 복동은 고개를 저었다. 아무 말도 듣지 못한 눈치였는데 얼굴엔 그늘이 졌다. 더 이상 묻지 않았다. 복동은 하루 종일 밖에만 있었다. 근심이 있으면 마당 일을 하는 복동이다. 저녁을 먹고 나자 곧 자리에 누웠고 잠이 들었다. 지난밤을 설친 게 분명했다. 깊은 숨소리를 내며 잠이 든 복동 옆에 우두커니 앉아 텔레비전을 보는 둥 마는 둥 했다. 잘 자는 복동을 보니 한편으로 안심이 되었다. 자식한테 나쁜 일이 있는데 어미가 단잠을 잘 리 없지 않은가.

영감은 어떻게 된 일인지 알 수 없었다.

성신이 그런 짓을 할 리 없지만, 뉴스가 없는 일을 내보낼 턱이 있나. 뉴스를 의심해본 적이 없는 영감은 몹시 어지러웠다. 같이 뉴스를 본 복동은 남의 일 보듯 했다. 이름이 직접 나오지 않았다. 초저녁 잠이 많은 복동은 그날도 건성건성 듣다 잠이 들었다. 뉴스를 본 뒤로 불안하게 여러 날을 보냈다. 누구한테 물어볼 수가 없었다. 영감이 잘못 알아들었던 것이 아닐까 생각하다 그랬길 바랐다. 복동은 여전히 아무 눈치도 채지 못했다. 평온한 복동을 보고 있으니 안심이 되기도 했다.

그런데 어제저녁에 성신이 왔다. 연락도 없이. 더구나 자고 가다니.

전등 불빛 아래 보니 얼굴이 해쓱했다. 웃으며 이야기하는데 어쩐지 같이 웃어지지 않았다. 영감은 성신을 바로 볼 수가 없었다. 자꾸 눈길을 피하며 앉아 있었다. 소리로만 상황을 파악하고 싶은 마음이었다. 그래야 덜 불안했다. 성신이 웃는 소리. 낮은 목소리. 소리에는 근심이 없었다. 계속 듣고 있으니 정말 아무 일이 없었다. 영감이 잘못 알고 있었던 것이 확실했다.

자고 간다 해서 영감이 건넌방으로 갔다.

"그러면 제가 아버질 쫓아낸 셈인데요."

성신이 농담처럼 말렸는데 못 들은 척 부산하게 나왔다.

아침을 먹을 때도 같이 상에 앉지 않았다. 나중에 천천히 먹겠다 했다. 모자간에 앉아 먹는 걸 보고 마당으로 나갔다. 밤새 나뭇잎이 제법 떨어졌다. 비를 들고 마당을 쓸었다. 티끌 하나 없이 말끔히 쓸고 나니 성신이 나왔다.

"가을이네요."

비를 든 채 서 있는 영감을 보고 그렇게 말했다. 영감은 성신을 마주 보지 않고 감나무 너머 하늘을 보았다. 높은 하늘에 구름이 엷게 드리워 있었다.

대문간에서 성신을 배웅했다. 성신은 말없이 허리 굽혀 꾸벅 인사하고 돌아섰다. 그때도 눈을 바로 보지 못했다.

하루 종일 어떤 소식을 기다렸던가. 아무 소식도 없기를 바랐던가. 마음은 둥둥 갈피를 못 잡았다. 어떻게 시간을 보냈는지 모르겠다. 구름이 점점 짙어지더니 저녁 무렵 비가 뿌리기 시작했다. 찬비가 서글퍼서 가을이 완연한 걸 알았다. 이른 저녁을 먹고 설거지를 끝내고 들어온 복동이 꾸벅꾸벅 졸더니 이내 잠들었다. 하루 일이 끝났다. 어지러이 떠다니던 마음도 어딘가 앉을 곳을 찾아야 했다. 잠든 복동을 보니 마음이 좀 가라앉았다. 아니, 마음을 어디에다 놓고 싶었던지도 모르겠다.

그런 마음에 찬물을 끼얹듯 성신이 뛰어들었다. 피투성이가 된 몸으로.

영감은 하마터면 소리를 지를 뻔했다. 성신의 환영은 곧 사라졌지만, 가슴이 방망이질이었다. 그리고 울고 싶을 정도로 불안해졌다. 그런 처참한 모습이라니. 그대로 앉아 있을 수가 없었다. 복동이 깨지 않도록 살며시 일어나 마루로 나갔다.

컴컴한 대청마루에 우두커니 서 있었다. 어디선가 귀뚜라미가 우는가 싶더니 갑자기 조용해졌다. 차가운 마루에 서 있는데 발이 오히려 뜨뜻해졌다. 영감은 그 자리에 풀썩 앉았다.

분명 무슨 일이 있다!

눈물이 차올라 마룻바닥으로 떨어졌다.

***

마치 마중을 나온 듯 영감이 마루에 나와 있다.

마루로 뛰어든 성신이 영감 앞에 꿇어앉는다.

불길한 느낌에 휩싸인 영감의 마음을 보고 성신이 오열한다.

이게 바로 죄인의 심정이다. 사람들의 손가락질에 죄인이 되는 건 아니었다. 그들의 손가락질엔 힘이 없었다. 언제든 다른 목표를 향해 방향을 바꿔버리는 손짓에 굴복하다니. 그런 헛된 손짓에 놀아나다니. 성신은 영감의 발을 감싸며 머리를 숙인다. 평생 고된 농사일을 하며 자식을 키웠다. 무학의 영감이 할 수 있는 일은 몸을 쓰는 일밖에 없었다. 흙투성이로 살았고 소를 먹여 돈을 바꾸고 학비를 마련

했다. 성신이 자부심을 가졌던 직업은 영감이 만들어 준 것이었다. 이 손과 발로 험한 세상을 앞서 헤쳐나가 준 덕분이었다. 그런데 겨우 뜬구름 같은 손가락질에 영감이 그렇게 힘들게 열어준 세상을 버렸다. 무엇을 지키자고 세상을 버렸단 말인가. 세상을 버린 것이지 부모를 버린 것은 아니었다. 그런데 세상은 꿈쩍도 하지 않았고 부모만 버려졌다. 원수가 아니라 부모가 칼을 맞았다.

"아버지!"

성신은 영감 발 앞에 엎드려 통곡했다.

***

아무도 잠들지 않았다.

성신이 돌아왔으니 가정은 그대로였다. 그렇게 생각하고 싶었다. 하지만 망쳐버렸다. 가족은 성신을 볼 수 없고, 성신은 이제 그들에게 아무것도 아니었다. 어떤 도움도 줄 수 없는 것이 그 증거였다. 마음 가는 대로 움직일 수 있었던 몸을 포기한 것은 바로 자신이었다. 값을 매길 수 없는 그 가치를 진짜 몰랐단 말인가. 부모 앞에선 무릎을 꿇었지만, 미나와 아이들 앞에선 그럴 염치도 없다. 망연자실 한참을 장승처럼 서 있었다.

미나는 거실에 있다.

이랑은 침대에 누워있다.

사랑은 책상 앞에 앉아 있다.

미나는 텔레비전을 켜놓았지만, 초점 없는 눈길이다.

이랑은 읽던 책을 배 위에 얹어두고 있다.

사랑은 교과서를 펴놓은 채 턱을 괴고 앉아 있다.

이들은 기다리고 있다. 아직 돌아오지 않은 가족을.

잠들지도 못하고,

아무것에도 집중하지 못하고,

그를 기다리는 가족이 거기에 있다.

성신의 물건과 흔적과 기운이 그대로 남아 있는 집이다.

성신은 미나 옆에 앉는다.

그 시간이면 드라마를 보느라 그렇게 소파에 앉아 있을 때가 많았다. 같이 보던 드라마가 있었는데……. 미나 머릿속엔 아무것도 없다. 혼돈 그 자체다. 불안과 걱정이 바람 앞 등불처럼 흔들린다. 그래서 성신의 행적을 생각해보려 하지만 한순간도 집중할 수가 없다.

오늘 밤.

아무도 잠들지 못한다.

잠이 들면 악몽이고 눈을 뜨면 현실이다.

이들은 악몽 같은 현실을 앞에 두고 있다.

내가 무슨 짓을 저질렀는가.

미나야—

멍하니 앉아 있는 미나 옆에서,

성신은 오래 울었다.

할머니가 사라졌다

'할머니가 사라졌다.'

할머니 집에 할머니가 없다니.

어머니가 운전하는 차에 넷이 탔다. 조수석엔 사랑이 앉았고, 이랑은 은수랑 뒷자리에 앉았다. 이렇게 모여 어딜 가는 것이 얼마만인지 모르겠다. 은수도 정말 오랜만이다. 어릴 때는 죽기 살기로 오가며 놀았던 동갑내기였다. 이랑과 은수는 사춘기를 보내면서 밖에서도 종종 만났다. 이유 없는 분노에 휩쓸리곤 했던, 못 말리던 시절이었다. 모든 어른이 못마땅하고 시시했다. 그런 심정을 집에서 대놓고 드러낼 정도로 삐딱하진 않았는지 집 밖에서 은수를 만나 울분을 토했다. 지'나고 나니 무엇이 불만이었는지 기억도 나지 않지만, 그때는 한도 없이 씹을 거리가 있었다. 하여튼 그 후로도 별별 이야기를 다 하던 가까운 사이였다. 물론 집안에 폭풍이 몰아치기 전까지 일이다.

갑자기 아버지가 사라진 뒤론 모든 것이 뒤죽박죽.

오랫동안 시도 때도 없이 찾아오는 불안감에 시달렸다. 그리고 달라진 집안 환경에 적응하느라 주변을 전혀 돌아보지 못했다. 가족, 아니 조국을 떠나 독립운동을 했던 사람들은 도대체 어떤 사람들인가 싶었다. 대학생이면 이미 어른이다. 아버지가 없어도 살아갈 수 있는 나이 아닌가. 홀로 우뚝 서서 주변을 살필 수 있어야 어른이다. 그런데 자신의 몸조차 가누지 못하고 어머니한테 짐이 되었다. 호기롭게 세상을 무시하고 어른을 비웃던 이랑은 도로 아이가 되어 흐느적거렸다.

나중에야 그런 생각이 들었다.

어머니는 어떻게 견뎠을까.

이랑은 이제야 어른이 되어가고 있다.

한솔도 지금 할머니 집으로 오고 있는 중이다. 그 차엔 한솔 어머니와 가족이 타고 있다. 출발한 시간이 비슷하니 점심 즈음에 같이 도착할 것이다. 어릴 땐 방학 때마다 할머니 집에 놀러 왔다. 어른들 없이 사촌들만 남겨두고 가면 더 좋았다. 할아버지 할머니 집은 왜 그렇게 자유로웠을까. 할머니 약밥은 또 얼마나 맛있었는지.

아버지 한 사람 사라졌을 뿐인데,

다른 사람은 모두 그대로인데…….

이들도 같이 사라져버린 듯 살았다.

이랑은 운전대에 앉은 어머니를 보았다. 그리고 사랑과 은수를.

많은 사람이 곁에 있었다. 하지만 전혀 보이지 않았다. 사라진 아버지만 마음속에 있었다. 아버지한테 하고 싶은 말이 너무 많았다. 그런데 말을 하려 하면 소리가 전혀 통하지 않았다. 한꺼번에 너무 많은 음식을 삼키는 느낌이었다. 음식이 목구멍을 넘어가지 못하는 것처럼 소리는 성대를 통과하지 못했다. 의사는 지나친 죄책감 때문이라 했다. 지나치다니, 갚을 수 있는 죄가 아닌데.

사실은 아버지가 불러주길 간절히 원했다. 불러서 아니라고 말해주길, 이랑의 불신을 나무라길 바랐다. 진위를 떠나 아니라고 해주길 바랐던지도 모르겠다. 무엇을 해야 할지 무엇을 하지 말아야 할지 알 수 없었다. 아무것도 하지 않고 아무 위로도 되지 못했다. 딸 노릇도, 언니 노릇도 없었다. 아버진 끝내 아무 말도 하지 않았다.

'인사도 없이 나가고 들어오는 자식을 왜 그냥 두고 보세요.'

'잘못된 자식을 훈계하는 것도 부모 책임이잖아요.'

밤마다 잠자리에 누워 탓을 했다. 한편으론, 또 이렇게 결심했다.

'아침에 일어나면 웃는 얼굴로 아버질 봐야지.'

결국 실천하지 못했던 결심이었다.

어머니는 이랑을 나무랐다. 언니가 철없이 행동하니 사랑이도 따라 한다면서. 가족이 그래서 되느냐고. 맞는 말인데 더욱 화만 냈다. 사랑은 날마다 울기만 했다. 이랑한테 정말이냐고 딱 한 번 물었다. 이랑은 대답하지 않았다. 울고 있는 동생을 쳐다보기만 했다. 상황을 이해하기엔 어린 나이였다. 그래서 또 생각을 바꿔주기에도 쉬운 나이였다. 사실이 어떠하든 거짓말이라도 해주어야 했다는 걸 나중에 알았다. 예민한 나이였고 중요한 시기였다. 온 식구가 정신없는 와중에 수렁으로 빠지고 있었다. 집에 들어오지 않는 시간이 길어졌고 학교도 가지 않았다. 그해 사랑은 결국 수능도 보지 못했다. 아버지 누명은 곧 벗었지만 사랑은 한참 동안 방황했다.

어머니 머리는 반백이다.

그래도 염색할 마음은 없단다. 흑단 같다며 자랑하던 머리칼이었는데.

이랑이 말을 잃고 사랑은 밖을 떠돌았다. 어머니한테 그 세월은 어떤 시간이었을까. 참 반성하게 된다. 자식으로서, 언니로서. 돌아보니 꿈만 같다. 아버질 잃은 세월이 아니라 자신을 잃은 세월이었다. 누구나 한 번은 가는 길이고 언제가 될지 아무도 모른다. 가까운 사람이 떠날 때마다 자신을 잃어버린다면 한평생 사람의 인생이 어떻게 될까.

할머니가 지금까지 굳건하게 살아오신 세월이 새삼스럽다.

참 장하신 우리 할머니.

정말 어디에 계신 걸까.

할머니,

저희들 지금 가요.

꼭 돌아오세요.

달리는 차창 밖으로,

가을이 같이 달리고 있다.

12.

세상은 영감을 두고 무학(無學)이라 했다.

논어도 읽고 맹자도 익혔는데 무학이라니. 초등학교 문턱만 넘어도
중퇴라는 학력이 주어지지만, 신학교에 다니지 않으면 천자문을 뗐
건 사서삼경을 읽었건 똑같이 무학이었다. 영감은 재신이 학교에 입

학해서야 자신이 무학이란 걸 알았다. 생활기록부라는 것에는 부모 학력란이 있었는데 오직 신식학교 학력으로 표시했다. 국졸, 중졸, 대졸은 있어도 한학(漢學)을 인정하는 말은 없었다.

영감은 아버지한테 한문을 배웠고 한글은 혼자 깨쳤다. 두 가지 문자를 모두 읽고 쓸 줄 알았지만, 생활기록부는 그 사실은 무시했다. 세상이 변했다는 건 알았지만, 어쩐지 지금까지 살아온 내력이 부질없어지는 기분이었다.

고향을 떠나온 날부터 알고는 있었다. 세상이 정신 못 차리게 달라지고 있다는 걸. 하루가 다르게 주변이 변하는데 눈이 있으면 모를 수가 없었다. 그리고 열심히 살면 따라갈 수 있다고, 자신도 변화에 발맞춰 나아가고 있는 줄 알았다. 하지만 생각과 전혀 다른 세상에 부딪힌 것이다. 자식이 학교에 다니게 되면서 비로소 세상에서 자신의 처지를 실감했던 영감. 그리고 깨달았다.

더 이상 무학으로 살 수 없는 세상이 되었다는 것을, 대를 이어 농부로 사는 것이 당연한 시대는 끝났다는 것을, 자식들에겐 신식 학력을 갖추어 주어야 한다는 걸, 그러려면 밥만 되는 농사가 아니라 돈이 되는 농사를 지어야 한다는 걸,

오기가 생겼다.

영감을 억척으로 변모시킨 것은 무학이란 충격이 아니라 자식 앞날

이었다. 자식들 손에는 최고 학력 졸업장을 쥐어 주리라. 그러려면 무엇보다 돈이 문제였다. 농사꾼이 돈을 만들려면 부지런히 몸을 움직이는 수밖에 없었다. 뼈를 깎는 노동에 '부지런히'란 말은 참 점잖고 고상한 표현인지도 모르겠다. 손톱은 깎을 필요도 없이 닳아서 뭉툭해졌고 손바닥은 목재처럼 단단해졌다. 그래도 힘들다는 생각을 해본 적이 없었다. 다른 생각을 할 틈도 없었고 해보지도 않았다. 돈이 되는 일이 고마울 따름이었다.

소가 효자 노릇을 톡톡히 했다. 소가 아니었다면 학비를 감당하지 못했을 것이다. 그만큼 손도 많이 갔다. 소먹이는 일은 하루도 집을 비울 수 없는 일이었다. 그래서 명절에도 부부가 같이 고향에 가지 못했다. 사람은 굶어도 소를 굶기진 않았다. 영감이 아침에 일어나 제일 먼저 하는 일이 소죽을 끓이는 일이었다. 정성을 다한 영감의 소는 늘 좋은 값을 받았다. 그 돈이 중학교 교복이 되고 고등학교 학비가 되었다. 교복을 입고 나가는 모습은 아무리 봐도 좋았다.

몸만 성하면 일은 무섭지 않았다.

허리를 다쳐 꼼짝 못 하고 누워 지냈던 적이 있었다. 소를 내다 파는 날, 성질 사나운 수소가 날뛰는 바람에 심하게 넘어졌다. 그대로 뒤로 나자빠졌는데 꼼짝을 할 수가 없었다. 급한 대로 침구사를 부르고 침을 맞았지만 혼자 일어나 앉지도 못했다. 다음 날 비싼 택시를 불러 병원에 가서 사진을 찍었다. 뼈는 괜찮다며 주사를 놓아주고 당분간 힘쓰는 일은 하지 말란다. 청천벽력이었다. 농사꾼더러 힘을 쓰지 말라니. 하지만 앉을 수도 없으니 속만 탈 뿐이었다. 그렇게 꼼짝 못 하고 누워있는데 아픈 것은 하나도 무섭지 않았다. 자식들 책가방 놓게 할까 봐 그것이 더 무서웠다. 차도는 더디고 일을 못 하니 속이 탔다. 겨우 몸을 쓰게 되기까지 한 달이 더 걸렸다. 그동안 복동 혼자 농사일에 소를 돌보느라 죽을 고생을 했다.

막내가 대학을 졸업했을 때 비로소 마음이 놓였다.

평생 마음 놓고 아프지 못했던 세월이었다. 이젠 아파도 괜찮다 싶었다. 더 이상 바랄 것이 없었다. 아신이 결혼 생각이 없다며 독립할 때도 속이 좀 상하긴 했지만 받아들일 수 있었다. 참을성 없는 명신이 겁도 없이 딴마음을 먹어도 손 서방을 잘 다독이면 괜찮아지곤 했다. 가지 많은 나무에 바람 잘 날 없는 것이려니 할 수 있었다. 사람 사는 세상에 바람은 늘 불었고 언제나 지나가곤 했다.

그런데 지나가지 않는 바람이 있었다.

성신이 죽었다.

어떤 심정으로 제 목숨을 제가 끊는지. 그 마음이 안타까워 죽을 것 같았다. 차라리 교통사고라도 당했다면 좋았겠다, 싶을 정도였다.

영감에겐 살고 싶은 마음이 하나도 남아 있지 않았다. 그래도 죽지 못했다. 죽을 용기가 얼마나 무서운 용기인지 그때까지 몰랐다. 자식을 앞세우고, 피를 토하며 죽고 싶어졌을 때, 비로소 알게 되었다.

성신은 그렇게 무서운 죽음을 안고 갔는데,

어떻게 죽어야 할지 궁리하고 있는 자신이,

한심했다.

세상이 하나가 되어 욕을 할 때도 영감은 곧이듣지 않았다.

성신이 그럴 리가 없었다. 무엇이 크게 잘못되었구나. 낯설임에 틀림없다. 그렇게 믿었다. 그건 영감 판단이 맞았다. 누명이었음이 밝혀졌다. 하지만 도무지 기쁘지 않았다. 마침내 누명이 벗겨졌을 때는 더 참담했다. 억울함을 못 이기고 죽어야 했던 자식 마음에 애가 끓었다. 자식이 그렇게 괴로운 걸 부모가 몰랐다.

나는 너를 몰랐다.

밤낮으로 그 생각만 머리에 맴돌았다. 술에 취하지 않으면 한순간도 지옥에서 벗어날 수 없었고, 현실을 정면으로 마주할 용기도 없었다. 자식을 앞세운 부모라도 그런 용기는 생겨나지 않았다. 이미 벌어진 일을 인정하고 살아갈 자신이 없었다. 그래서 술기운 뒤로 숨었다. 알고 있다. 남은 자식들 앞에서 할 짓이 아니었다. 더구나 복동을 두고 그러면 안 되는 것이었다.

영감도 몰랐다.

자신이 그렇게 살게 될 줄은.

술에 기대어 인사불성으로 살아가다니.

술독에 빠진 무책임한 가장을 얼마나 한심하게 보았던가. 놀음하고 술을 마시며 식구들한테 행패 부리는 인간을 사람 취급하지 않았다. 영감이 처음 도시로 이사 온 곳에선 몸으로 벌어 먹고사는 사람들이 많았다. 그들은 영감처럼 땅에 기대어 살거나, 공장에서 물건을 만들거나, 공사장에서 일용 노동을 했다. 일용 노동자는 하루 벌어 하루 산다며 신세 한탄을 했다. 그런 한탄을 이해할 수 없었다. 그건 영감도 마찬가지였다. 영감도 쉬는 날 없이 일을 했다. 농사는 하루라도 손을 놓으면 티가 났고 하루도 손을 놓을 수 없는 일이 소먹이는 일이었다. 그러니 농사든 노동이든 힘 드는 건 매한가지라고.

일이 고되어 술을 마시지 않을 수가 없단다. 그걸 나무라고 싶진 않다. 하지만 고주망태가 되어 살림을 부수고 식구들을 두들겨 패는 것은 완전히 다른 문제다. 그렇게 하면 고단함이 달아나기라도 한다는 것인가. 하루 벌어 하루 사는 것이 벼슬이라도 된다는 말인가. 그런 다음 날이면 어김없이 일을 나가지 못했다. 이해할 수 없었다. 벌이가 시원찮다면서 일을 하지 않는 날이 더 많았다. 손에서 일을 놓지 않는 영감이 보기엔 노동자가 아니라 한량이었다. 사람 구실을 못 하는 핑계는 왜 그리도 많은지. 그런 집은 어김없이 안사람이 날마다 일을 다녔다. 안사람 고생은 눈에 보이지도 않는 모양이었다. 그게 보인다면 행패를 부릴 수가 없지 않은가. 술이 깨면 멀쩡해졌다가 술이 들어가면 돌변하는 행실의 반복. 그건 의지의 문제가 아니던가. 의지 없는 인간은 사람이 아니라면서 돌아보지도 않았다.

의지?

영감의 의지는 어디로 갔는가.

마지막이 보이던 어느 날 그런 생각을 했다. 어쩌면 그들을 잘 몰랐던지도 모르겠다고. 의지가 없었던 것이 아니라 살 의욕이 없었던 것이 아니었던가. 삶이 그들을 속인 건지도 모르겠다고. 그것이 무엇인지 모르겠지만 분명 이유가 있었을 거라고. 사람으로 태어나 사람으로 살지 못했던 이유가.

사람도 아니다.

술기운이 몸에 퍼지기 시작할 때 잠깐 그런 생각을 한다. 하지만 그 순간뿐이다. 술이 심신을 완전히 지배하면 더 이상 사람이 아니었다. 생각도 없어지고 의지도 사라진다. 술에 취해 잠이 들고 잠이 깨면 술을 찾았다. 맑은 정신으론 잠시도 버티기 싫었다. 다시 술을 마시고, 정신이 느슨해지는 순간, 찰나처럼 각성하는 시간이 존재했다. 사람도 아니라고.

결국 사람이 아닌 채로 세상을 버렸다.

죽고 나서 알았다.

죽지 않는 사람은 없다. 누구나 죽는다. 살아서 죽음을 기다릴 필요는 없었다. 더구나 학수고대할 일은 아니었다. 그런데 죽으려고 그런 짓을 하다니. 죽을 때까지 인사불성으로 살다니. 가족들만 힘들게 했다.

'정말 좋은 아버지가 되고 싶었는데.'

다행히 그 소원이 헛되진 않았다.

그것도 죽고 나서 알았다.

좋은 아버지는 자식들이 만들어 주는 것이었다. '아버지'는 자식이 불러주는 이름이니까. 재신, 명신, 아신은 영감을 원망하지 않았다. 술에 기대어 산 영감의 심정에 눈물지었다. 술 먹다 죽은 아버지가 아니라 자식을 잃은 아버지로 추모했다. 그 마음 앞에 오히려 죄인이 되었다.

복동 앞에선 오래 빌었다.

복동이 영감보다 덜 아팠을 리 없다는 걸 살았을 때도 알았다. 하지만 아는 대로 실천하지 못했다. 영감 마음이 더 중요했고 그 마음을 따랐다. 그렇게 잘난 의지는 술에 말아 먹었고 자신이 얼마나 무력한

지 알기에도 벅찼다. 복동의 마음은 철저히 버려둔 채 혼자 강을 건너고 말았다.

***

복동의 넋은 이미 몸 안에 있지 않았다.

그래도 꿋꿋하게 삶을 이어갔다.

목숨을 가진 자가 할 수 있는, 가장 숭고한 모습이었다.

그것도 이제야 알게 되었다. 자식 죽음이 안타까웠으면 자신 목숨은 지켜야 했다. 몸을 떠나니 해줄 수 있는 것이 없었다. 자신을 잃은 것이 아니라 남은 자식들과 복동을 잃었다는 것도 알았다.

삶을 다하지 못했다.

그래서 마음도 끝나지 않았다.

끝나지 않은 마음은 쉬이 사라질 수 없었다. 그 끝이 언제일지도 알수 없었다. 살 수도 없고, 떠날 수도 없는 시간이었다. 그 마음은 집착으로 남아 날마다 집을 서성거렸다. 영감이 복동을 지켜볼 때 똘이는 영감을 보았다. 똘이가 기운을 느끼고 영감을 향할 때 복동도 같은 방향을 보곤 했다. 어쩌면 알아보지 않았을까. 그런 생각이 들 때면 어김없이 그 앞에 꿇어앉게 된다. 무엇을 할 수 있을지 몰라도, 무엇이

든 하고 싶었다. 적어도 헛살았다는 생각만은 지워주고 싶었다. 그 생각만은 절대로 산 사람이 해서는 안 되는 것이었다. 삶의 의욕을 한순간에 꺾을 수 있는 무서운 것이라는 걸 영감은 알고 있었다.

그리고,

보았다.

복동의 가슴에 그것이 자라고 있는 것을.

성주괴공(成住壞空)

그날이 왔다.

햇살이 알알이 부서진다.

복동이 햇살 속을 걸어온다.

그런데 알맹이가 보이지 않는다. 햇살처럼 알알이 떠다닌다. 복동은 이미 형체가 풀어지고 있다. 넋이 나가버린 몸으로 오래 버티었다. 그날이 올 줄 알고 있었다. 삶을 버리지 않아도 생명이 흩어지는 날이 반드시 온다. 복동은 기다릴 줄 알았고 마침내 왔다. 누군가 보고 있다면 기적 같은 소멸이다. 살아 있는 자들은 이해하기 어렵지만 받아들일 수밖에 없다. 그들의 생명을 그냥 받아들였듯.

물론 소멸, 은 이승 이야기다. 영감이나 성신이 속한 세상에선 본래 자리로 돌아오는 귀환, 이다. 형체에 익숙한 이승에선 형체 없는 존재는 없는 것과 마찬가지거나 두려운 존재. 하지만 이승에 존재했던 형체도 단단하게 고정된 것은 아니었다. 형체란 끊임없이 흔들리는 안과 밖의 경계였을 뿐이다. 결론은, 제대로 보지 못했다, 이다. 그것이 육체의 눈이 가진 한계였다. 가시권에서 벗어나는 것은 볼 수 없지만 보이지 않으면 믿지도 않는다. 시력으로 세상을 보지만 시력 때문에 속는 것이다. 그래서 피부는 외부와 완전히 단절되어 있다고 믿고 살았다. 그저 좀 더 밀도가 조밀한 집합체일 뿐이라는 증거는 보이지 않았고, 그래서, 모든 형체는 든든한 성벽을 가지고 있었다. 이승에 사는 인간의 눈으로 보면 그랬다.

그런데 복동은 살아서 비밀을 풀었다.

아니, 비밀의 문이 열렸다고 해야겠다. 어떤 일이 벌어지고 있는지 복동은 모르고 있다. 생명이 흐르는 방향을 거스르지 않고 살고 있을 뿐이다. 지금도 그렇다. 복동은 그저 살아가고 있다. 자식을 앞세우고, 영감을 잃고, 넋이 나간 지 오래지만, 허튼 생각도 허튼짓도 하지 않았다. 손에는 호미를 들었고 엉덩이는 흙에 닿아있다. 변화는 그녀의 몸 안에서부터 일어났다. 근본을 이루는 알갱이들이 조용히 운동을 시작했다. 그들이 흩어지는 자리부터 형태가 무너져갔다. 호미가 땅에 떨어졌을 땐 안개 같은 기운이 복동을 둘러싸고 피어올랐다. 생명 하나가 소리도 냄새도 없이 사라지고 있었다. 바람도 없는 텃밭에 밭작물이 살랑살랑 흔들리고 햇빛이 유난히 반짝거렸다.

그날 일은 처음부터 끝까지 똘이가 지켜보았다.

하지만 본 사람이 없으니 없는 일이나 마찬가지일지 모르겠다.

13.

술로 살던 영감이 죽은 지 한 달이다.

소리 내어 한참 울고 나니 후련해졌다.

아신이 사흘을 자고 아침 먹고 제집으로 갔다. 떠나는 걸 보고 들어와 목 놓아 울었다. 혼자 어떻게 살꼬 하던 마음이 꼬리를 감춘다. 아신이 있는 동안도 울었다. 같이 울기도 했다. 그랬는데 가고 나자 통곡 소리와 함께 눈물이 왈칵 쏟아졌다. 그래서 알았다. 마음 놓고 울지 않았다는 걸. 자식 앞이라 속을 다 보이지 못했다는 걸. 영감 앞에선 그러지 않았다는 걸.

영감이 살아 있을 땐 감출 것이 없었다.

울 일이 없을 때나 있을 때나 마음 가는 대로 했다.

술에 기대 살던 영감이 죽었을 땐 차라리 홀가분한 마음이었다. 애가 타서 보고 있기 힘들었다. 진작에 술을 배웠다면 같이 취했을지도 모르겠다. 평생 먹어보지 않던 거라 목구멍에 넘어가지 않았다. 그래서 맨정신으로 지켜볼 수밖에 없었다. 몸이 상하는 걸 알아도 말리지 못했다. 오죽하면 취해서 곯아떨어진 영감을 볼 때가 편했다. 자식들이 와서 어떻게 좀 하라고, 걱정 반 잔소리 반 했지만, 저희도 못 말렸다.

숨이 끊어져 편안해진 얼굴에 마음이 놓였다. 남들이 욕하겠지만 빈말이 아니다. 장례 치르고 모두 저희들 집으로 돌아간 날, 그제야 영감이 곁에 없다는 실감이 나면서 무서웠다. 혼자 어떻게 살꼬, 싶었다. 평생 혼자였던 적이 없었다는 것도 알았다. 그래도 낮에는 괜찮았다. 하루 종일 할 일이 있었고 없으면 만들어서라도 했다. 그러나 밤에 혼자 누우면 온갖 상념이 몰려왔다. 상념이라 하지만 대개 성신 생각이다. 늘 술에 찌든 영감이었지만 영감이 있을 땐 덜했지, 싶었다. 아마도 영감 걱정이 성신 생각을 가렸던 모양이다.

장례가 끝나고 복동 거처에 대한 말이 있었다. 혼자 된 여자는 자식한테 짐인가 싶어 마음이 상했다. 당사자한테 묻지도 않고 저희끼리 공론이라니. 지금까지 내 몸뚱이로 밥 짓고 집 건사하며 잘 살았는데 갑자기 어린애 취급하며 말들이 많았다. 딱 잘라 걱정 말라고 했더니 안심하는 얼굴이었다. 그렇게 걱정되면 자주 오기라도 할 줄 알았는데 그동안 아신이 와서 사흘 자고 간 것이 다였다.

영감이 죽은 지 일 년이 되었다.

아들을 앞세우고도 살았다. 산 사람은 어떻게든 산다. 죽지 않으면 살 수밖에 없다. 그리고, 죽지 못해 산다, 는 말뜻을 몸소 겪었다. 그 말이 얼마나 무서운 말인지 미리 알았다면 함부로 쓰지 못했을 것이다. 예전 어른들이 그런 말을 할 때는 예사로 들었다. 자신이 그런 말을 할 때만 해도 살 만했다는 걸 알았다. 진짜 그런 처지가 되었을 땐, 입 밖에 낼 수 없었다.

아무리 좋은 것이 있어도 좋은 줄 모른다. 고운 것을 보면 더욱 서글퍼진다. 새로 돋아나는 잎을 보고 울고 꽃이 피면 절로 눈물이 떨어진다. 빨갛게 익은 석류가 서럽고 낙엽이 마당을 덮으면 그 위에 앉아 통곡하고 싶어진다. 영감이 비로 마당을 쓸고 있고 성신이 울긋불긋 물든 잎을 보고 있으니 환장할 노릇이다.

첫 제사인데 다 모이지 않았다. 자식이라면 자다가도 벌떡 일어날 영감이 많이 섭섭했겠다 싶다. 명신은 전화도 없다. 제삿날을 잊진 않았을 텐데. 무슨 일이 있구나 싶지만, 알려주지 않으니 짐작할 뿐이다. 재신, 아신은 분명히 사정을 알고 있었다. 궁금해하지 않는 걸로 보아 저희끼리는 오가는 말이 있었을 터였다. 이랑 어미는 오지 말았으면 싶은데 왔다. 제사상 앞에서 많이 울었다. 이랑 어미 앞에선 울수도 없다. 아직 한창나이에 남편을 잃었다. 아버지를 잃은 두 손녀를 생각하면 더 안 됐다. 통곡하는 이랑 어미를 못 본 척 아무 말도 하지 않았다. 무슨 말을 꺼내면 눈물을 감당할 수 없을 듯했다. 자손들 앞에선 울고 싶지 않았다. 담담하게 치르고, 돌아갈 때 마음 편하게 해주고 싶었다.

제사 지낸 날 아신이 자고 갔다.

안방에 이부자리를 두 채 깔았다. 혼자 자는 것이 버릇이라 한 이불을 못 덮는다며 아신이 웃었다. 웃고 있는 눈이 빨갛다. 얼른 얼굴을 돌리며 부산하게 이불을 다독거린다. 복동도 모른 척 반듯하게 놓인 이불을 다시 매만진다. 이제 서로 눈물을 보이고 싶어 하지 않는다.

아신은 오래 뒤척였다. 한밤중이 되어서야 숨소리가 고르게 났다. 고른 숨소리를 들으며 복동도 잠이 들었다. 사람의 기운이 잡념을 몰아갔던 모양이다. 깊게 잠들었는지 눈을 뜨니 새벽이었다. 밥을 해 먹여 보내고 싶어 좀 더 누워 기다렸다. 아직은 너무 이르다. 오전에 춤을 가르치는 일이 있다 하니 늦지 않게 아침을 해야 한다.

영감이 떠나고 두 해가 지났다.

명신은 결국 손 서방과 갈라섰다. 참을성이 없는 게 늘 걱정이었는
데 결국 일을 내고 말았다. 영감이 살아 있었으면 어땠을지 모르겠다.
손 서방이 영감을 많이 따랐으니 잘 설득할 수 있었을까. 부질없는 생
각이다. 저희끼리 쉬쉬하고 있었을 뿐이지 갈라선 건 영감이 떠나기
도 전이었던 모양이다. 영감이 알았다 해도 무슨 정신으로 말렸을까
싶다. 모른 체 떠난 게 다행이다.

명신은 늘 남 핑계가 많았다. 저희들 갈라선 것이 죽은 성신 때문이
라니. 집안에 우환이 있어 편치는 않았겠지만 그게 무슨 되도 않은 소
린지. 죽은 것도 억울한데, 아니 억울한 누명을 쓰고 죽었는데, 그런
누명까지 보태야 하느냐 말이지. 내 속으로 낳은 자식이라 어디 가서
욕을 할 수도 없고, 다 큰 자식을 면전에서 나무랄 수도 없어 속만 썩
였다. 무슨 짓을 하든 강필하고 사는 것보다 잘살 수 있다고 큰소리쳤
지만 믿기지 않았다. 있는 재산이나 잘 건사하며 살기를 바랐다. 하지
만 걱정은 꼭 제 몫의 일을 한다. 물려받은 아파트를 처분하고 전세를
얻었다는 소식을 들었다. 안 좋은 소식을 들을 때마다 영감 생각이 간
절하다. 그래도 간절함은 잠깐이다. 살아서 겪을 아픔을 생각하면 머
리가 절로 흔들렸다. 그런 생각이 들 때마다,

영감이라도 편하시오,

하늘을 보며 그렇게 말한다.

영감이 떠나고 여러 해가 흘렀다.

홀로 된 복동을 걱정하던 자식들은 도리어 방문이 뜸해졌다. 참 알 수 없는 일이다. 각기 사는 일이 바쁘겠지 하다가도 괘씸한 생각이 들 때가 있다. 그래도 그런 마음을 드러낸 적은 없다. 전화가 오면 늘 괜찮다고 안심을 시킨다. 그 말에 정말 안심을 했는지 재신과 명신은 명절에나 얼굴을 보여준다. 홀몸인 아신만 자주 오고 자고 가기도 한다. 많지도 않은 삼 남매가 제사 때도 다 같이 못 보고 누가 빠져도 빠지고야 만다. 지난해는 다 모이나 했더니 재신이 제사 끝나기 무섭게 돌아가는 바람에 늦게 온 아신을 보지 못했다. 그렇게 급한 일은 자식 일밖에 없다. 찬빈을 돌보는 여자가 어머니상을 당했다는 한솔 전화를 받은 것이다. 다음 날 어린이집 하원 시간에 맞추면 된다면서도 음복을 하는 둥 마는 둥 서둘렀다. 복동도 덩달아 급하게 음식을 싸 보내느라 정신이 없었다. 재신 내외를 배웅하고 들어오는 꽁무니를 따라 아신이 왔다. 아신은 공연이 있었다면서 화장도 지우지 않은 채 들어와서 깜짝 놀랐다. 무대 화장한 모습을 집에서 보니 꼭 낮도깨비 같아서 모두들 웃고 말았다. 제사상을 앞에 두고 한참 웃었다. 제삿날 웃음꽃이 피는 것도 괜찮다 싶었다. 영감도 좋아했을 것 같다.

세상 이치가 어떻게 돌아가는지 모르게 되고 말았다.

제사를 지내며 웃다니.

돌아가신 시부모님이 본다면 무어라 하실까.

전에는 생각도 못 하던 일을 받아들이게 된다.

홀로 잠들고 깨어나는 일은 습관이 되었다. 그렇지만 홀로 앉아 있는 시간은 익숙해지지 않는다. 잠들기 전에 텔레비전 앞에 앉아 있는 시간이, 끼니를 챙겨 앉는 시간이, 텃밭 일을 하다 잠깐 쉬는 시간이, 도무지 익숙하지 않다. 그렇게 앉아 있는 자신을 남 바라보듯 보게 된다. 누가 저렇게 홀로 앉아 있을까. 저 노인은 누구인가. 또 다른 자신이 그 광경을 보고 있는 듯 몽롱하다. 분명했던 세상 이치가 흐려지고 생각도 흩어진다. 그렇게 멍하니 앉아 있는 시간이 자주 있다. 어떤 날은 똘이가 짖는 소리에 정신이 들곤 한다.

영감이 죽고도 여태 살았다.

하루하루는 기가 막혔지만 돌아보는 세월은 빠르기만 하다.

지난해에 명신이 살러 들어왔다.

그 전화가 왔을 때 눈치를 챘다.

집도 절도 없는 신세가 됐구나. 올 것이 왔구나.

은수가 집을 얻어 나간다고 했을 때 이미 짐작했지만 그래도 가슴이 쿵, 했다. 명신은 하나도 변한 것이 없었다. 어떻게 그럴 수 있는지 신기했다. 굴곡 없는 인생이 어디 있겠냐마는 명신도 굴곡을 아니 겪었다 할 수 없다. 남편과 갈라서고 하나밖에 없는 자식은 상의도 없이 집을 떠나고 저는 누울 자리도 없게 되었다. 충격을 받고도 남을 일이 아닌가 싶은데 여전히 자신만만했다. 그래도 한편으로 다행이다 싶었다. 자식이 풀 죽어 있는 모양도 어미로서 보기 힘들긴 마찬가지다.

돈을 벌 기막힌 생각을 가지고 있다고 했다. 그동안 말로만 했다는 걸 모르는 것 같았다. 은수가 오죽하면 어미 곁을 떠났을까. 날마다 기막힌 생각을 가지고 있다면서 날마다 일없이 놀았을 터였다. 그 세월이면 믿음에 금이 가고도 남을 만하다. 명절에 은수가 다니러 와서 하소연했다. 규모에 맞춰 생활을 해주기만 해도 좋겠다고. 손녀 앞에서 할 말이 없었다. 모녀 상황이 뒤바뀌었다 해도 기가 찰 노릇이었다. 위태위태했지만 그래도 은수가 참아주길 바랐다. 그런 욕심을 부려보는 것 외에 할 수 있는 일이 없었다.

결국 은수는 책임을 벗어버렸다.

자식은 무책임한 어미를 떠날 수 있어도 부모는 그럴 수 없다. 어쩔 수 없이 복동은 명신 어미였다. 내려온다는 전화를 받고 이불부터 새로 꾸몄다. 이삿짐이 들어오기 전날엔 김치를 새로 담고 약밥 준비도 해두었다. 콩을 불리고 밤을 깎고 대추는 씨를 발라놓았다. 자식들 모두 좋아하는 음식이다. 입맛도 내림인지 손자들도 오면 약밥을 찾았다.

명신이 고향 집에 들어오는 걸 모두 반가워했다. 마음이 놓인다니 그것 하나로 되었다 싶었다. 재신이 전화로 기뻐했고 재신 처도 마음이 편한지 안부를 길게 물었다. 아신은 여전히 자주 오긴 했지만 자고 가는 일이 뜸해졌다. 그건 좀 섭섭했다. 안방에 이부자리를 깔고 같이 누워 잤던 생각이 났다.

명신의 귀향, 사실 복동은 좋지도 싫지도 않았다.

성신이 간 뒤로 좋은 것도 싫은 것도 없어졌다. 다만 혼자 생활에 길이 들었던 모양이었다. 분명 홀로인 시간이 어색하고 힘들었던 때가 있었다. 그런 세월도 시간이 흐르자 익숙해졌다. 세월은 습관을 만들기도 하고 없애기도 했다. 누구 눈치 볼 필요 없이, 일하고 싶을 때 일했고, 울고 싶을 때 울었다. 습관처럼 살았다. 사는 것이 습관이 되니 죽음도 별다르지 않게 보였다. 습관처럼 살다가 문득 떠나는 것이다, 오늘 하던 일이 내일 끝나도 괜찮다, 그런 마음이 되었다. 그랬는데 명신이 오고 습관이 흔들렸다.

명신은 학교 다닐 때부터 늦잠을 잤다. 그 버릇은 어른이 되어서도 그대로 달고 왔다. 성질까지도. 단잠을 방해받으면 짜증을 냈다. 그래서 해뜨기 무섭게 대청마루 문을 활짝 여는 습관을 버려야 했다. 나무로 짠 마루 문은 오래되어 열리는 소리가 유난하다. 아무리 조심해도 소리를 어떻게 할 순 없었다. 그리고 일찍 아침 먹는 습관도 포기했다. 주방은 명신이 기거하는 건넌방과 안방 사이에 있다. 그리고 방문은 창호지 문이라 작은 소리도 막지 못한다. 더구나 주방엔 따로 문을 달지 않았다. 그래서 주방에서 밥을 하면 방들은 한공간이나 마찬가지다. 밥을 할 수도, 그렇다고 밖이 훤해질 때까지 집안에 앉아 있을 수도 없다. 다시 잠이 올 리도 없거니와 손 놓고 있는 시간은 더 힘들다. 온갖 상념에 마음이 상해서 속이 쓰릴 지경이다. 그러니 아침을 포기하고 주방 문을 통해 살그머니 밖으로 나간다. 주방 문은 새로 만들어낸 새시라 조용히 여닫을 수 있어 그나마 다행이었다.

그렇게 새벽에 나가면 해가 훤히 떠오를 때까지 텃밭에 있다. 풀도 뽑고 나물도 솎아 다듬어 마당 수돗가에서 말갛게 씻어 놓기도 한다. 한겨울엔 그 일도 할 수 없어 감옥생활을 했다. 텔레비전을 소리죽여 켜놓고 바보처럼 앉아 있기도 하고 괜히 장롱을 뒤집었다. 사람은 당하면 못할 일이 없는지라 그럭저럭 습관이 되었다.

하지만,

그것도 습관이 될까 싶다. 마당 없는 데서 살 수 있을까. 아니 이 집을 떠나기 싫다. 집이 사라진다는 생각만 해도 펑펑 울고 싶다. 영감과 하나하나 고치고 다듬고 넓혀간 집이, 날마다 쓸던 마당이, 사라지는 것을, 살아생전 보고 싶지 않다. 성신을 먼저 보내고, 영감을 보내고, 더는 보내고 싶지 않다. 하지만 명신의 요란한 계획에 손을 들고 말 것이고, 결국 현실이 될 터인데, 그걸 지켜볼 마음이 남아 있지 않다.

이 마음을 자식들한텐 털어놓지 않았다.

오래 살았다.

눈만 뜨면 그 생각이 든다. 아직도 살아서 눈을 뜨는구나.

지내놓고 보니 덤이었다. 영감이 떠났을 때 이미 끝난 삶이었다.

성신을 먼저 보냈을 땐 절통했다. 절통은 차라리 삶에 대한 애착이었다 싶다. 영감이 떠났을 땐 아픈 줄도 몰랐다. 너무 기가 막혀 그런 줄 알았다. 아니었다. 살고 싶은 마음이 하나도 남아 있지 않아 그랬던 것이다. 그렇다고 영감을 따라가겠다는 마음을 먹은 적은 없다. 자식을 두고 그런 마음을 먹을 수는 없다. 부모가 되어 자식 가슴에 못 박을 일을 하다니. 영감도 같은 생각이었을 것이다. 자식이라면 끔찍했으니까. 술독에 빠져 살았던 일은 지금도 나무라고 싶지 않다. 죽지 않고 견디려면 어쩔 수 없었다. 살자고 했던 일이 죽을 길이었을 뿐이다. 복동이 그 마음을 모르면 알 사람이 아무도 없다.

영감과 복동은 원래 칠 남매를 두었다.

위로 셋은 어릴 때 잃었다. 큰 도시에 살았다면, 그래서 병원에 갔으면 살릴 수 있었을지 모른다. 영감도 죽을 때까지 그 생각을 벗지 못했을 것이다. 부부는 살면서 죽은 아이들 이야기를 꺼내지 않았다. 가슴에서 떠난 적이 없었기 때문이다. 가슴에 남은 기억은 한순간도 잊히는 법이 없다. 그러니 우연히라도 참담한 기억이 입 밖으로 나올 수 없었다.

여섯 살이던 큰 애가 홍역을 앓았다. 며칠 만에 동생 둘도 같이 앓아누웠다. 당시 홍역은 흔한 전염병이었다. 누구나 죽기 전에 한 번은 앓는다 했을 정도다. 복동도 영감도 어릴 때 홍역을 치렀다. 그만큼 흔하다 보니 가볍게 생각했던가. 온몸이 발진으로 뒤덮여도 지나가리라 여겼다. 무섭지 않았던 건 아니었지만 별다른 방법도 없었다. 그 마을에선 아무도 홍역으로 병원에 가지 않았고, 병원은 먼 나라 이야기였다. 그러다 황당하게 둘을 잃었다. 다섯 살, 두 살이었다. 먼저 앓았던 큰 애만 겨우 살았다. 제정신이 아니었다. 그렇게 어이없이 한꺼번에 둘을 잃고 나니 모든 것에 겁이 났다. 병원에 가지 않았던 후회는 말로 다 할 수 없었다. 불행은 꼬리를 물고 왔다. 큰 애는 병원에서 죽었다. 일곱 살이 되던 해였다. 폐렴이라 했다. 하룻밤 열이 났을 뿐인데 너무 늦었단다. 낮부터 열이 있더니 밤이 되자 심해졌다. 한숨도 못 자고 날 밝기를 기다렸다. 날 새기 무섭게 병원으로 달려갔다. 애를 업고 차가 있는 읍내까지 달렸고 병원에 도착했을 땐 점심때가 다 되었다. 사진을 찍고 입원을 했을 땐 살았다 싶었는데 이틀을 못 넘겼다. 할 수 있는 치료를 다 했지만 너무 늦었다, 는 설명만 들었다.

이번엔 병원이 너무 멀었다.

이사를 결심했다. 농사꾼이 농토를 버리고 떠나는 일이니 미친 짓이었다. 하지만 자식을 지킬 수 없다면 농사가 무슨 소용인가, 그런 심정이었다.

지금 살고 있는 집은 영감 피땀이나 마찬가지다.

새로 옮겨 앉은 곳은 도시 변두리. 말이 도시지 농촌과 다름없는 곳이었다. 그저 하나만 보았다. 급하면 뛰어서라도 병원에 갈 수 있는 곳. 빨리 걸으면 한 시간 거리에 큰 병원이 있었다. 살던 곳에 비하면 턱없이 비싸 좋은 농토도 옳은 집도 구할 수 없었다. 집이 아니라 집이 있는 터를 샀다고 해야 할 정도였다. 지붕은 내려앉고 기둥은 기울고 벽은 구멍이 숭숭 났으니 집 구실을 하지 못했다. 마당에 움막을 짓고 손수 새로 짓다시피 했다. 악에 받쳐 힘든 줄도 몰랐다. 자식 셋을 다 잃은 둘은 일을 하면서 버텼던지도 모르겠다. 사람이 살 수 있게 터전을 닦을 때까지 손톱이 닳도록 일을 했다. 다시 아이가 생기고 아이들이 자라자 방을 늘려갔다. 그 일도 영감은 직접 했다. 자식 밑에 들어가는 돈이 아니면 당신 몸으로 직접 했다. 그 수고도 복동이 제일 잘 안다.

도시가 외곽지로 커져 나왔다. 소를 먼저 정리해야 했고 해마다 논을 줄여갔다. 어쩔 수 없었지만, 영감은 불안해했다. 험한 땅이 옥토로 바뀌기까지 들인 공을 누가 알까. 남들은 그랬다. 농사짓는 것보다 팔아서 돈으로 바꾸는 것이 수지맞는 일이라 했다. 그럴지도 몰랐다. 하지만 영감한테 땅은 그냥 땅이 아니었다. 일이 곧 목숨이었고 일이 없어지는 게 두려웠던 것이다. 그래도 밀려오는 변화를 막을 길은 없었고 곡식이 자라던 논은 건물과 도로가 되어갔다. 다행히 돈으로 바뀐 논은 결혼을 시키고 집을 얻어주는 역할까지 잘 해내었다. 그렇게 영감과 복동이 살았던 흔적은 몽땅 사라지고 집만 남았다.

이런 집의 역사를 자식들이 알 리 없다.

그리고 집을 떠나 삶을 이어갈 마음이 없다는 것도 알 리 없다.

차라리 똘이가 알까.

아직도 거기에

똘이는 답답하다.

대청마루에 식구들이 모였다.

어떻게 하면 알아차릴까. 알릴 방법이 없는가. 마루 앞으로 뛰어갔다 밭으로, 또 마루 앞으로 달려가길 몇 번이나 했을까. 머리가 뱅뱅 돌 지경인데 참 눈치도 더럽게 없다. 이렇게 뛰어다니면 궁금해서라도 일어나 와보겠다. 복동은 한 번만 짖어도 바로 반응했다. 누가 왔는지, 밥때가 되었는지, 목이 마른 지, 살피러 온다. 그런데 이 사람들은 도무지 반응이 없다. 똘이는 오래 여기에 살았다. 그리고 이들도 오래 보았다. 매일 보지는 않았지만, 오랫동안 보아왔다. 이럴 줄은 몰랐다. 주인과 같이 있을 땐 몰랐다. 사람은 같은 줄 알았는데 아닌 모양이다. 기껏 알려주느라 뛰어다니는데 뛰지 말라니. 이유도 없이 뛰진 않는다.

이유 없는 움직임이 없거늘.

한심하다.

밭으로 좀 와 보라고.

똘이는 마루를 향해 짧게 짖은 다음 텃밭으로 간다.

호미 앞에 엎드렸다.

아직도 복동이 거기에 있다.

14. 애나

하늘이 무너졌어. 앞이 캄캄하다는 말이 정말이더라.

아무것도 안 보이고 아무 말도 안 들리고 아무 생각도 안 났어. 그런 상태로 몸은 몸대로 움직여. 장례 절차를 밟아 당신을 화장하고 떠나보내는 의례를 치르고 있더라고. 의식 없는 인간도 살아지더라. 믿지 못하겠지? 당신은 의식 없이 사는 것도 민폐라 생각하는 사람이었잖아.

'그 의식이 이 의식이랑 어떻게 같아?'

그런 표정으로 날 보고 있는 거야? 그렇게 보고 있다면 성공이네. 물론 농담이야. 그냥 당신이 살아 있을 때랑 똑같이 하고 싶었어. 이렇게 혼잣말이라도 하면서 말이야. 온갖 자질구레한 이야길 하염없이 주고받았던 그 시간이 너무 그리우니까.

지나고 보니 그런 생각이 들어. 의식도 습관 같은 것이라고. 살면서 절로 몸에 배어든 습관 말이야. 그래서 하늘이 무너진 가운데서도 습관처럼 일 처리를 할 수 있었을지도 몰라. 당신 없는 삶이라니. 성신 씨 없이 살 수 있을까. 이런 생각은 당시엔 하지도 못했어. 실감할 수 없었는지, 믿고 싶지 않았는지. 아직도 그건 잘 모르겠어.

그래도 원망하진 않았지. 내가 당신을 원망할 수가 없잖아. 어떻게 그럴 수 있겠어. 당신이 어떤 사람인지 너무 잘 아는데. 당신이 집에 갇혀있다시피 있는 내내 그걸 두려워했던 것 같아. 당신은 이런 상황을 견딜 수 없을지도 모른다고.

내가 그랬잖아. 당신은 세상을, 사람을 너무 선하게만 본다고. 당신 마음처럼 그렇지 않다고 하면 날 슬프게 쳐다봤어. 당신 아내가 마치 구업(口業)이라도 지은 것처럼 말이야. 아내가 죄를 짓게 된 것이 슬픈 건지 그런 사람이 아내라서 슬픈 건지 모를 눈이었지만, 그런 눈빛을 보면 더 이상 아무 말도 할 수 없었어. 그런 당신이라서 좋았으니까. 답답할 때도 있었지만 큰 문제는 아니었지. 어쩌면 그런 당신을 지켜주고 싶었던지도 몰라. 당신의 생각과 마음과 재능을 고이고이 간직하며 살 수 있도록. 그리고 그 남자를 나는 나보다 더 믿었지.

***

당신은 내내 책을 읽고 있었어.

관심이 하나도 없었지. 은근히 자존심이 상하더니 나중엔 전투욕이 생기더라. 남자라면 한 번쯤 다시 돌아보게 하는 미모에 너무 익숙해서 말이야. 그런데 당신은 분명히 날 봤는데도 다시 보지는 않았어. 창가 자리에 당신이 먼저 자리를 잡고 있었지. 책을 보고 있더라고. 내가 옆자리에 앉자 쳐다보았어. 그리곤 그뿐, 읽던 책으로 눈길을 돌렸지. 왠지 무시당하는 기분으로 앉아 있었어. 그러다 잠깐 졸았나? 근무를 마치고 내려가는 길이었으니 피곤했지. 졸다가 머리가 꺾이는 바람에 잠이 확 달아났고. 혼자 놀라 두리번거리다 당신을 봤지. 여전히 독서 삼매경. 무슨 책이 저리 재미있을까. 혹시 19금인가. 괜히 심술이 나고 무시하고 싶은데 반대로 관심이 자꾸 커졌어. 난 대전에서 내려야 했는데, 목적지가 가까워져 올수록 초조해지는 거야. 그래서 결국 말을 걸고 말았어.

"어디까지 가세요?"

드디어 당신이 나를 다시 쳐다보았어. 여전히 책을 펴든 채.

글쎄, 왜 그랬을까. 생판 처음 보는 남자한테 무얼 원했는지. 그것도 상견례를 하러 내려가는 여자가 말이지. 맞아. 난 시쳇말로 속물이었어. 3년이나 사귄 남자를 버리고 맞선 본 남자랑 결혼하기로 마음을 바꿔먹었지. 돈이 전부는 아니라는 말이 있지만 하지 않을게. 사실 돈도 많은 집이었지. 주물 공장을 했던 아버지 당대에 부자가 되었고 장남인 남자가 그 공장을 물려받아 경영한댔어. 말하자면 사장인 거지. 그 집에서도 날 아주 만족해했어. 인물 좋고 똑똑한 며느리를 찾았다면서. 내가 그 조건을 충족시켰던 모양이야. 사실은 서로 원하는 조건이 맞았던 거지만. 당시엔 여자가 대학만 나와도 머리 좋다는 대접을 받았잖아. 대학과 똑똑하다는 것이 무슨 상관이 있는지 모르겠지만. 돈이 없어 포기하는 사람이 얼마나 많았는데 말이지. 그건 그렇고, 물론 인물도 빠지진 않았어. 그건 당신도 인정한 사실이니 좀 뻔뻔해져도 괜찮겠지? 하여간 내가 소싯적엔 인물값 좀 하고 다녔던 여자였어. 당신 만나기 전까진.

우리 집? 결코 가난했다고는 할 수 없어. 사 남매 모두 대학 공부까지 시켰으니까. 내가 만족하지 못했던 거지. 나란 여자가 상당히 물질 지향적인 인물이란 건 당신 때문에 알았어. 사람은 위를 바라보며 살아야 한다. 그 말은 바로 돈을 추구하는 것이다. 이런 공식이 머리에 있었지. 당연히 가져야 할 욕망으로 알고 살다가 충격 좀 받았어. 우리 집은 언니 결혼하기 전에 이사까지 갔거든. 몇십 년을 살았던 단독 한옥을 세놓고 넓은 평수 아파트에 전세를 들었지. 좀 더 좋은 조건의 남자를 만나기 위해서 말이야. 초라한 집에 살면 초라한 집에 사는 남자랑 맞선을 보게 될 확률이 높다는 판단으로. 중매하는 사람이 집에 와서 사는 형편을 보기도 했거든. 물론 집만 보고 경제 사정을 속속들이 알 수는 없겠지만 무시할 수 없는 요소가 돼. 말하자면 부를 과시할 목적이었던 거지. 참 웃기지만 집 대 집으로 맺어지는 거야. 돈이 전부는 아니라면서도 돈이 전부가 되는 형국이지. 그때 어머니가 결단을 내리고 이사한 것이 하나도 이상하지 않았어. 나도 언니도.

언니는 이사 간 집에서 맞선을 보고 결혼도 했어. 마치 사업처럼 목표를 세우고 실행해서 마침내 성공한 셈이야. 어머니도 언니도 만족한 결혼이었어. 당신도 알다시피 결국 실패로 돌아갔지만. 언니는 서른도 되기 전에 이혼녀가 되었지. 그렇게 골라 맞추었던 조건은 성격차이 하나를 이기지 못한 셈이야. 그런 사람인 줄 몰랐다, 그게 언니가 말하는 이혼 이유의 핵심이었어. 사람한테 집중했던 결혼이 아니었지만 사람 탓만 했어. 그러면서도 언니는 다시 결혼을 꿈꾸었어. 여전히 사람이 아니라 외부 조건에 집중하면서 말이야. 하지만 완전히

219

달라진 판도를 언니는 인정할 수 없었던 모양이야. 이혼한 경력 외에 아무것도 없는 여자. 그게 맞선 시장에서 보는 언니의 경력이었어. 재벌가 여자가 아닌 이상 직업이 없는 것도 흠이 되었어. 무결한 처녀로 선을 볼 때만 무죄였던 거지. 하지만 언니는 사회 경험이 전혀 없었어. 대학을 졸업하기도 전에 선을 보기 시작했고 직업을 가질 생각을 해보지도 않았거든. 그런 언니가 갑자기 무슨 일을 할 수 있었겠어. 무슨 일이든 하겠다고 마음을 먹어도 돈 버는 일은 힘들잖아. 그런데 언니는 웬만한 일은 시시하고 웬만한 보수도 우습게 보였어. 결혼이란 대사를 치르면서 큰돈을 써본 경험이 언니를 망친 건지도 몰라.

언니는 자존심이 많이 상했어. 재처 자리가 들어올 때마다 불같이 화를 냈지. 어머니와 다투는 날이 많아졌어. 언니는 집에 있으면서 신경질이 늘었고 어머닌 힘들어했지. 결혼할 때까지 그렇게 사이좋은 모녀도 없었는데. 사람도 중고가 있더라. 언니가 늘 푸념조로 하는 말이었어.

이런 자세한 이야기 처음 듣지? 내가 숨긴 건 아냐. 당신이 묻지 않았던 거지. 묻지도 않는 이야길 굳이 하고 싶지 않았어. 당신이랑 만나면 화젯거리가 달라져 버리기도 하고 말이야. 당신한테는 자랑이 안 되더라. 명품 가방도, 학벌도, 큰 집도. 나 참, 이십육 년 인생에 그런 큰 위기가 있었을까. 분명 이게 아닌데 싶으면서도 신선했어. 기분이 나빠야 할 상황인데도 팽 돌아서질 못하겠더라고. 내가 엄청 변한 거지. 그러니까 당신 나한테 말도 안 되는 반칙을 저지른 거야. 이렇게 바꿔놓고 먼저 가버리다니. 당신을 알기 전의 나였다면 배신당했다고 길길이 뛰었을지도 모르지.

당신은 그날 고향에 내려가는 길이었어. 기차에서 내려 또 버스를 타고 한참 가야 한댔어. 주소지는 도시가 분명한데 주변 환경은 아직도 농촌과 다를 바 없다면서, 아버지가 농부라고 자랑스럽게 말했지. 엥? 난 속으로 놀랐어. 말했잖아. 나 속물이었다니까. 농부란 직업이 촌스럽다고 생각했던 사람이야. 농사란 못 배운 사람들이나 하는 일이고 당연히 미래가 없는 직업이라고. 그랬는데 당신 얼굴엔 자랑인지 자부심인지 모를 어떤 빛이 반짝였어. 쌀 팔고 소 판 돈으로 형제들 모두 공부시켰다고 하면서.

뭐 그다지 잘 생겼다고는 할 수 없지만 좀 세련된 얼굴이었어. 얼굴이 작은 편이었지. 요즘 아이돌처럼 말이야. 그런 사람 입에서 소치는 이야기가 나오니까 절로 웃음이 나왔어. 그런데 내 웃음을 당신은 오해했지. 호감을 가지고 있구나, 로. 사실 호감까진 아니었어. 정확히 말하면 신기했지. 어쨌든 웃어주는 사람 앞에서 신이 나서 이야기가 길어졌지? 덕분에 그날 당신 신상을 거의 알게 되었어. 국어 교사

221

라는 것까지. 교사라는 직업에서 흥미가 좀 떨어졌지. 월급쟁이는 당시 내 욕망을 충족하는 직업군이 아니었으니까. 초임 월급을 알고 많이 놀랐기도 했고 말이야. 동생이 초등학교 교사였거든. 당시 교대는 2년제라 나보다 먼저 직업을 가졌어. 그래서 교사 처우나 교사라는 직업에 대한 정보는 좀 풍부했던 셈이지. 그래서 초등이나 중등이나 교사 월급은 비슷하다던데 하면서 속으로 실망을 했어. 처음 본 남자 직업에 왜 실망했는지 몰라. 그지? 그런데 당신은 내 직업도 묻지 않더라. 물어도 거짓말하려고 했지만 말이야. 비서라는 직업에 오해가 많더라고.

사람은 참 이상한 동물이야. 아마 관심이 없다는 생각이 들었나 봐. 보통 몇 마디만 오가면 직업을 궁금해하거든. 더구나 나 같은 미모의 여자를 앞에 두면 말이야. 당신이 묻지 않으니까 오히려 간절하게 밝히고 싶어지더라. 그리고 어느새 술술 내 이야기를 하고 있더라고. 신문사 이름까지 구체적으로 밝히면서 말이야. 회사 이름까지 주고받을 정도면 꽤 가까운 사이라야 하거든. 나름대로 기준이 있었는데 그날은 지키지 못했어. 이야기를 하면서도 속으로 왜 이럴까. 이미나, 정신 차려, 이랬다니까. 하지만 그보다 더 신기했던 건 당신 반응이었어. 마치 내 얼굴에서 소설을 읽는 것 같다고나 할까. 읽고 있던 책을 계속 읽어가는 사람의 표정. 내내 책을 읽고 있더니 이젠 내 얼굴을 읽고 있나? 바로 그런 느낌이었어. 달라진 게 있다면 호기심, 바로 비서라는 일에 대한 호기심 정도였어. 어떤 일을 하는지, 어떤 재미나 보람이 있는지. 보람이라고? 그 질문에 좀 당황했어. 그냥 월급이 나오는 직장이었고 언제 그만둘지 그것만 생각하고 있었는데 말이야. 변명하자면 그래. 당시엔 여자의 직업이란 것에 큰 의미를 두지 않았거든. 나도 처음부터 평생직장이라고 생각하지 않았어. 그냥 결혼하기 전까지 경험 삼아 배경 삼아 다니는 곳이었지. 결혼 잘해서 언제든 그만두는 곳이었을 뿐이야. 물론 이건 어디까지나 내 이야기야. 이젠 알아. 사람은 자기중심으로 생각하게 된다고. 나랑 다른 생각을 가진 사람들이 얼마든지 있었겠지? 그때도 말이야.

교사라는 직업에 진심인 당신 말을 듣고 있는데 기분이 좀 이상하더라고. 누구 말을 들으면서 나를, 아니 나의 정체성을, 돌아보게 된 건 처음이야. 헤어지고 나서도 내가 이상한가? 그런 의심이 내내 마음에서 지워지지 않았어. 그럴 때마다 당신이 자꾸 떠올랐고.

그날, 그 기차에서, 당신을 보지 않았다면, 난 주물 공장 사장 아내가 되었을까. 내가 꿈꾸는 삶을 살았을까. 그랬을지도 몰라. 당신을 몰랐다면. 내 욕망과 의심 없이 타협하며 만족했을지도.

적어도 상견례는 무사히 끝냈어. 당신을 본 다음 날, 일요일에 상견

례가 있었거든. 그리고 당신은 오다가다 잠깐 스친 인연이었을 뿐이 잖아. 인연이란 이름을 붙이기도 민망할 정도니 당연히 지나가리라 생각했지. 하지만 이미 변심의 불길이 타고 있었던 거야. 그것도 상견 례 자리에서. 그 남자. 그러니까 약혼자랑은 몇 달째 데이트를 해온 터였어. 인물도 빠지지 않고 키도 크고 성격도 유순한 남자였지. 맞 선을 보고 결혼한 친구들이 대개 그렇게 말했어. 그만하면 됐다, 이 런 마음으로 결혼하는 거라고. 일단 양가의 조건을 미리 맞춰보고 만 나는 것이라, 특별히 흠잡을 것이 없다면 결혼한다고 했어. 나도 불꽃 튀는 마음을 바라진 않았지만, 남자가 싫진 않았어. 아니, 사실 제법 좋았어. 결혼할 마음으로 만나다 보니 마음이 그렇게 움직였던 건지, 아직도 잘 모르겠어. 그랬는데, 상견례 자리에 마주 앉은 남자가 너무 심심한 거야. 잘 차려입고 한껏 멋을 부렸는데도 마음이 조금도 설레 지 않았어. 긴장해서 그런가 보다 했지. 형식적인 인사가 오가고 맛도 모르는 밥을 먹고 집으로 오는데 당신이 보고 싶더라. 미쳤지. 그래, 내가 미쳤다고 생각했어. 미쳤다 하면서도 미친 마음을 다스릴 생각 이 없더라고. 계속 당신 생각을 하고 있는 거야. 결혼 날까지 받아놓 고 말이야. 날짜는 시시각각 다가오고 난 날마다 더 초조해졌어.

당신 학교 교무실로 전화할 때만 해도 끝내려고 그랬지. 확인하고 싶었어. 환상이었음을 확인해야 끝낼 수 있을 것 같았어. 우린 시작한 적도 없고, 난 당신을 딱 한 번 보았을 뿐이잖아. 그러니 그런 내 마음은 분명 망상일 거라고.

처음 전화는 통화가 되지 않았지. 수업 중이라 자리에 없다고 했어. 수업 끝나는 시간을 기다리는 동안 온갖 생각이 스치더라. 이상한 여자라 생각하지 않을까? 끝낼 남자한테 잘 보이고 싶어 하는 마음이라니. 그런 내 마음도 그땐 알아채지 못했어. 그야말로 완전 미친 거지. 마침내 통화가 되었을 때 게임은 진짜로 끝나 버렸어. 당신이, 여보세요, 하는데 다리에 힘이 쭉 빠지더라. 전쟁터 나간 연인과 연락이 닿았어도 그처럼 반가웠을까. 당신도 무척 반가워하는 목소리였어. 그게 얼마나 기뻤는지.

찻집에 앉아서 당신을 기다렸어. 문이 바라보이는 자리에 앉아서. 약혼자를 그런 마음으로 기다린 적이 없다는 것도 깨달았지. 마침내 당신이 문을 밀고 들어오는데, 끝이 아니라 시작이라는 것을 인정해야 했어. 당신이 나를 발견하고 웃는데 빛이 나더라. 그리고 당신이 맞은편 자리에 앉았을 때 결심했어. 이 남자랑 살아야겠다.

거의 전쟁이었지.

파혼이 마치 인생을 몽땅 도륙 내는 것처럼 집안이 뒤집어지더라. 3년이나 사귀던 남자랑 헤어진다고 했을 땐 잘했다고 하신 부모님이 말이야. 그 남자랑 결혼하면 고생길이 훤하다고 사귀는 내내 걱정들이었어. 가난한 집안의 장남, 그게 그 남자의 죄였지. 물론 죽어라 결혼한다고 했으면 결국엔 인정했을 거야. 연애를 못마땅해하셨지만 날 따라다니며 말리진 못하셨어. 물론 물리적으로 그러기도 힘들었지. 집은 대전이고 난 서울에서 대학을 다녔으니까. 그리고 남자 친구랑 헤어진 건 어디까지나 내 의지였어. 부모는 수긍하고 결과에 박수를 보냈을 뿐이야. 좀 더 좋은 조건의 남자랑 맺어주는 것이 소원이던 차에 아주 좋아하셨지. 그다음은 일사천리. 그때까지 어머니는 자신이 넘쳤어. 언니를 성공적으로 결혼시킨 후였으니까. 자신의 생각을 믿었고 의지대로 실천에 옮겼어. 거칠 것 없이 자리를 알아보고 드디어 흡족한 혼처를 찾아 날까지 받아놓은 상황. 가까운 친척 지인들은 이미 다 알고 있었던 집안의 경사. 다 된 밥 위에 내가 재를 한 줌 쥐고 서 있었던 셈이었지.

그래도 태어나서 제일 잘한 반항이었다 생각해. 물론 내 인생만 볼 때는.

부모님한테도 상대 집안에도 못 할 짓이었어. 그건 세월이 갈수록 더욱 반성이 되더라. 어른스럽지 못한 결정을 하고 번복을 한 책임이 전부 나한테 있었는데 말이야. 그래도 그때는 혼자 전쟁을 치르는 것처럼 외롭고 서러웠어. 압박이 계속되자 억울한 마음까지 들더라고.

하지만 겉으로는 당연히 죄인으로 살았어. 한탄과 꾸지람을 묵묵히 받아들였지. 순간순간 죄스러운 마음도 컸어. 차라리 죽으라고 하면서 신세타령을 하실 땐 정말 힘들었어. 아버진 내 얼굴도 보지 않았고 어머닌 날마다 눈물 바람이었지.

그래도 이미 나는 옛날의 내가 아니었어.

분명한 목적이 생겼고 포기할 수 없었으니까.

부모는 도무지 그 이유를 모르니 더 답답했을 거야. 당신 이야길 하지 않았거든. 그냥 단순 변심으로 밀고 나갔어. 그 상황에 당신이 등장하면 일이 더 복잡해졌을 거야. 나도 참 대책 없는 여자였지. 나중에 생각해보니 그렇더라고. 우린 그때 아무런 약속도 없던 사이였잖아. 당신과 결혼해야겠다는 결심은 내 마음속에만 있었어. 당신은 그냥 미혼인 남자였을 뿐. 데이트다운 데이트를 한 사이도 아니었고, 미래를 약속한 사이도 아니었어. 나 혼자 미쳐서 돌아갔더라고.

마침내 폭풍이 지나가고, 당신을 만났던 토요일 오후였어.

가슴이 철렁했지.

당신은 찻집에 먼저 와 책을 보고 있었어. 창가에 앉아 있는 당신을 발견하고 밖에 잠시 서 있었어. 참 고요한 풍경이었지. 편안한 당신 표정이 무척 보기에 좋았어. 당신은 우리 집을 훑고 지나간 폭풍을 전혀 몰랐고 그게 정말 다행이란 생각을 하고 있었어. 내가 정말 당신을 좋아하고 있다는 걸 새삼 깨달았지. 나보다 당신 마음이 먼저더라. 그 전에 가져보지 못했던 감정이었어. 그리고 가슴이 철렁했지. 당신은 나한테 어떤 마음일까. 나를 좋아하고 있을까. 상대 마음 확인도 없이 나 혼자 달려왔으면 어떻게 하나. 그제야 그런 생각을 하게 된 거야. 기껏 세 번이었어. 당신과 만난 횟수가 말이야. 그것도 기차에서 우연히 만난 것을 포함해서. 그런데 난 의심 없이 주변을 정리하고 당신을 향해서 달려갔던 거지.

당신은 아무것도 모르고 책을 읽고 있었어.

그런 당신을 보며 혼자 결심했어.

아무렴 어때. 이제부터 넌 내 거야. 마음이 없었다면 생기게 만들면 돼.

철렁했던 가슴을 희망으로 채우고 찻집 문을 밀었어.

***

윤 기자는 내가 결혼한다니까 돌변했어. 사귄 적도 없었고 무슨 약속을 한 사이도 아닌데 말이야. 청첩장을 돌린 날 비서실로 찾아왔어. 비서실엔 선배 비서인 서양 언니도 있었어. 서양이라니까 웃기지? 지금은 '미스 서'라고 하겠지. 그때는 성 뒤에 '양'을 붙여 불렀어. 물론 나는 '이양'이라 불렸지. 하여튼 언니 눈이 동그래지더라고. 방금 청첩장 돌린 여자한테 다른 남자라니? 하는 눈이었어. 윤 기자 태도가 그랬다니까. 마치 날 여자 친구 대하듯 했어. 오해할 만도 했지. 나도 놀랐으니까. 이양, 결혼해? 나한테 말 한마디 없이? 라니. 속으로 지가 뭔데 싶었지만, 비서실에서 막말을 할 수는 없고 농담으로 넘겼어. 방금 청첩장으로 말씀드렸잖아요, 하면서.

"그래도 그건 아니지, 우리 차나 한잔하면서 이야기 좀 해."

갈수록 가관이었어. 누가 들어도 보통 사이에 나눌 대화는 아니잖아.

왜 저러지? 이해할 수가 없었어. 점점 당황스럽더라고.

서양 언니는 아주 흥미롭다는 얼굴이었어. 사실 언니 때문에 대응이 더 자유롭지 못했어. 나한테 호감을 갖고 있지 않은 선배였거든. 늘 내가 못마땅했는데 큰 트집거리가 생긴 거잖아. 대졸 비서는 내가 처음이었어. 그전까지는 고졸 비서를 채용했는데 신문사가 커지면서 비서실 인원을 늘렸지. 이미 근무하고 있었던 서양 언니는 그대로 두면서 내가 충원된 셈이야. 그래서 사장실 비서실에 처음으로 두 명의 비서가 근무하게 되었고. 언니도 후배 비서를 둔 게 처음이지만 나도 처음 갖는 직업이었지. 어찌하였든 비서는 사장을 등에 업고 있는 셈이잖아. 사장실에 볼일이 있는 직원은 반드시 비서실을 거쳐야 하고 비서에게 깍듯했어. 그리고 서양 언니는 하나뿐인 비서였고. 미우나 고우나 관심을 한 몸에 받았을 거야. 그런데 내가 들어온 거지. 입사할 당시 난 갓 스물넷, 언니는 스물일곱이었어. 지금 생각하면 언니도 정말 어린 나이였지만 그땐 아주 조상님이었지. 질투심이 일었던 것 같아. 갓 대학을 졸업한 미모의 신입. 비서실을 찾는 직원, 기자들도 나를 보는 눈빛이 달랐지. 아무래도 남자 사원이 대부분이니 그렇지 않았겠어? 일이 어렵거나 많진 않았지만 늘 긴장되는 자리였어. 난 일을 배우는 처지였고 하나하나 물어가며 해야 했는데 몹시 까칠하게 대했어. 자리를 비울 수 없다는 것도 그랬지만 언니 시집살이가 만만찮았지.

심지어 내 차림새에 대해서도 불만이 많았어. 잔소리를 했지. 너무 야하다느니 점잖지 못하다느니 하면서 말이야. 사장님도 지적하지 않는 차림새에 언니는 줄기차게 입을 댔어. 하루 종일 같은 공간에서 일하는 선배의 은근한 견제와 질투. 사실 직장에서 나를 가장 힘들게 한 사람은 언니였어. 결혼을 결정했을 때 언니를 보지 않아도 된다는 점이 가장 시원했으니까. 당시만 해도 결혼하면 대개 비서실을 그만두어야 했는데 언니보다 내가 먼저 나가게 되었지. 진정 언니가 결혼하기만 바랐는데, 후배를 두고 내 세상을 좀 누리고 싶었는데, 결국 그런 세상은 만나지 못했어. 대신 당신을 만났지.

우호적이지 않은 언니와 하는 말마다 당황스러운 윤 기자.

언제 방문객이 들어올지, 언제 사장님이 나올지 모르는 비서실에서 난 정말 곤란했어. 윤은 약속을 하지 않으면 가지 않을 기세였거든. 할 수 없이 만날 날을 정하고 말았지. 그리고 생각했어. 오늘 중으로 소문 쫙 퍼지겠구나. 서양 언니는 입이 가볍거든. 특히 나한테 관련된 일에는 더구나. 제발 터무니없는 이야기만 보태지 말았으면 했지. 하지만 일은 엉뚱한 곳에서 터졌어. 윤이 그런 인물인 줄은 정말 몰랐어. 개인적인 친분은 전혀 없다고 생각했거든. 일없이도 자주 비서실로 간식거리를 사서 온 것, 직원 회식에서 밥을 먹은 것, 이 전부였어. 간식은 서양 언니랑 같이 먹었고 회식도 말 그대로 많은 직원이 같이 밥 먹는 자리였을 뿐. 아, 회식 자리에서 친절하게 다가와 술을 권한 적은 있었지. 물론 호감이 있다는 건 알았어. 하지만 그 정도의 호감을 표하는 직원은 윤 기자 말고도 많았고 그걸 더구나 사랑이라 말할 수는 없잖아.

그런데 윤은 완전히 다른 이야기를 하는 거야. 찻집에 마주 앉을 때까지도 전혀 예상하지 못했던 억지였어. 간식거리 받으며 웃은 건 뭐냐. 관심 있었던 건 사실 아니냐. 회식 자리에서 술잔은 왜 받았느냐. 선배 술잔만 받은 게 아니라고 하자 그게 바로 너라는 여자라고, 밑도 끝도 없는 험담을 시작했어. 말하자면 온갖 남자한테 꼬리치고 다니는 여자라는 거지. 나쁜 자식이었어. 내 뒷조사까지 했더라고. 사귀던 남자랑은 왜 헤어졌냐고, 연애와 결혼은 별개라 생각하느냐고. 전 남자 친구 신상도 주절댔어. 물론 비밀 연애를 한 건 아니었으니 연애 사실이야 알 수 있겠지. 하지만 내가 밝히지 않은 이름과 직업까지 안다는 건 다른 문제잖아. 일부러 조사하지 않는 이상 어떻게 알겠어. 최근에 파혼한 일까지 자세히 들먹이자 끔찍해졌어. 내 과거를 알고 있다는 은근한 협박이었지. 여차하면 결혼할 사람한테 알리겠다는 뜻을 비치면서 내 마음을 계속 떠보더라고. 본색을 드러내 준 덕분에 차라리 대응 방향이 확실해졌어. 그리고 그런 놈과 진짜로 엮이지 않은 것이 정말 다행이다 싶더라고.

네가 너구리면 나는 여우다. 속엔 불이 났지만, 티 나지 않게 감정을 다스렸어. 치사하지만 어떡하겠어. 외설스러운 말까지 하며 치근대는데도 말려들지 않았어. 내가 화를 내면 그걸 기회로 어떤 짓도 할 것 같았어. 나를 좋아하긴 했나 봐. 내 마음을 가져가진 못했지만 말이야. 결혼한다니까 갑자기 더 안달이 났는지도 모르지. 나는 어떤 말도 진지하게 들어주었어. 그런 남자한테 무시하는 태도는 금물이지. 기자라는 직업에 자부심이 대단한 남자였거든. 물론 당시 기자들이 콧대가 좀 높았지. 대개 좋은 대학을 나왔고 사회적으로 인정도 받는 직업이었으니까. 특히 윤은 치사할 정도로 엘리트 의식에 찌든 놈이었어. 그래도 막판에 한 짓만 없었어도 바닥은 모르고 넘어갔을 텐데.

나는 한없이 몸을 낮추고 미안하다고 했어. 윤의 마음을 전혀 몰랐다고. 내가 계속 그렇게 나가니 김이 빠졌는지, 마침내 결혼을 축하한다고, 속을 뻔했지. 그러면서 마지막으로 술 한잔하자는데 느낌이 확 오더라. 이 자식 아직 포기한 게 아니구나. 내가 그렇게 순진하지가 않거든. 남자를 모르는 것도 아니고. 하지만 그냥 일어나 나가버리면 지금까지 노력한 인고의 시간이 헛될 게 뻔했어.

**

이제부터는 당신도 아는 이야기지.

난 할 수 없이 제안을 했어. 약혼자와 같이 한잔하는 게 어떠냐고. 윤이 순간 당황하는 걸 놓치지 않았지. 곧 머리를 굴리는 것도 보였어. 어떻게든 당신을 합석시키지 않을 이유를 찾았겠지. 난 그 시간을 주지 않았어. 내 머리가 더 빨랐던 거지. 아무렴 여자 잔머리를 이길 남자가 얼마나 되겠어. 약혼자도 나랑 가까이 지내는 동료들을 보고 싶어 했다고. 서양 언니랑도 밥 한번 먹을 것이라고. 이왕이면 서양 언니한테도 연락해 볼까요? 하면서. 이젠 윤이 빠져나갈 수가 없게 되었지. 거절할 적당한 말을 찾지 못하면 말이야. 그렇다고 자신이 내

뱉은 말을 거두어들일 수는 없잖아. 아마 자존심이 허락하지 않았을 거야. 사실 제일 좋은 시나리오는 어떻게든 윤이 그럴듯한 이유를 찾아내어 술자리를 없던 걸로 해주는 거였어. 나는 정말 당신을 끌어들이고 싶지 않았거든. 당신한테 보여주고 싶었겠냐고. 얼마나 이상하고 어색한 만남일지 상상도 하기 싫었어. 하지만 그 방법뿐이었어. 내가 찾은 방법이.

윤도 시간 끌지 않고 흔쾌한 척 좋다고 하더라고. 그래도 셋이 보는 건 좀 그랬는지 말 나온 김에 서양 언니도 같이 보자더군. 당신은 두말없이 오겠다고 했지. 정말 묻지도 따지지도 않고, 알았어요, 어디로 갈까요? 했어. 그날 서양 언니는 나오지 않았어. 난 알고 있었지. 나올 리가 없잖아. 갑작스런 술자리 초대라니. 갑자기 전화해서 나오라 한 것만으로도 자존심이 상했을 거야. 언니는 예의범절이 목숨만큼 중요한 사람이거든. 약속 없이 후배가 선배를 갑자기 불러낸다는 건 있을 수 없는 일이야. 그건 선배를 아주 무시하는 행위에 속해. 물론 서양 언니의 예의범절 범주 안에 있는 거지만. 어쨌든 언니는 단칼에 거절했어. 아닌 밤중에 홍두깨? 란 반응이었지. 난 답을 미리 알고 있었기 때문에 대응도 자연스럽게 잘했어.

좀 그렇죠? 갑자기 정해진 자리라 못 나오실 줄 알았지만. 아무튼 죄송해요. 다음에 정식으로 자리 한 번 만들게요. 그럼 내일 회사에서 뵐게요.

윤이 듣고 있다는 걸 알았기 때문에 큰소리로 또박또박 인사를 했어. 찻집 카운터는 윤이 앉아 있는 자리와 가까웠지. 전화기는 카운터에 놓여있었고. 주의를 기울이면 다 들리는 거리였어. 전화를 끊고 자리로 돌아오면서 윤의 표정을 살폈어. 윤은 물 잔을 들어 한 번에 비우고 빈 잔을 그대로 들고 있더라고. 이미 상황을 알고 받아들이는 중이라는 걸 알았지. 난 모르는 척 전화 내용을 전달했고.

"서양 언니는 못 나오신대요."

"할 수 없지."

윤과 난 맥줏집으로 자리를 옮겼어.

당신이 나타날 때까지 30여 분.

윤은 거의 말이 없었어. 그 좋은 말솜씨가 어디로 가버렸는지. 가끔 나를 쳐다보는 얼굴은 냉정하기 이를 데 없었어. 감정을 싸악 거두어버린 눈빛이 살벌하기까지 했지. 윤의 그런 표정도 처음이었어. 비서실을 찾을 때는 한 번도 본 적이 없었던. 갑자기 두려워졌어. 내가 사람 보는 눈이 이렇게도 없었나. 이런 사람이었구나. 긴장한 내가 자꾸 말을 걸었을 정도야.

당신은 조용히 문을 밀고 들어와 공기처럼 자연스럽게 자리에 앉앉어.

아, 얼마나 반가웠는지. 이런 어색한 자리를 당신이 어떻게 생각할까, 걱정하던 마음은 어디로 사라졌는지. 당신을 보는 순간 긴장이 풀렸어. 당신을 보느라 그때 윤의 표정을 살피지 못했는데, 그게 아직도 궁금해.

당신은 나를 보던 표정 그대로 윤을 보며 악수를 청했지. 보는 사람 마음을 절로 편안하게 만드는 담담한 미소 띤 얼굴로 말이야. 서로 자기를 소개하며 악수할 때 윤을 보았어. 오 맙소사! 윤의 얼굴에도 미소가 퍼졌어. 조금 전까지의 냉혹함이 하나도 남아 있지 않았지.

맥주 다섯 병을 마시고 일어났어.

윤이 거의 세 병을 마셨을 거야. 당신 참 놀라운 사람이었어. 윤은 계속 기자의 어려움에 대해 하소연했고 당신은 들었어. 그 자리에서는 대화하는 줄 알았는데 나중에 생각하니 아니었어. 당신은 그저 고개를 끄덕이며 듣기만 했더라고. 윤도 그랬을까. 대화하는 기분이었을까. 처음 보는 사람한테 왜 그리 깊은 이야기까지 했을까. 나도 처음 듣는 이야기가 많았지. 특히 어린 시절 가정사를 털어놓을 땐 기분이 참 이상했어. 듣고 있으니 사람이 달라 보이더라. 내가 알던 도도하고 자부심 드높은 윤이 아니더라고. 문득 연민의 감정도 자아내는, 흔들리며 살아가는 한 사람이었지.

그날 윤이 한 이야기를 옮겨볼게.

윤에겐 스무 살이 많은 형이 있었다.

일곱 살 때 부모님이 돌아가신 뒤로 형이 부모 대신이었다.

교통사고였다. 어머니가 운전하는 차로 아버지와 셋이 외가 가는 길이었다. 어떻게 사고가 났는지 윤은 몰랐다. 뒷자리에 혼자 앉아 꾸벅꾸벅 졸고 있었다. 고막이 찢어질 듯한 파열음을 들은 기억밖에 없는 상태로 병원에서 깨어났다. 온몸이 붕대에 감겨 있었다. 병원에서 두 달을 지냈다. 부모는 그 자리에서 돌아가셨다.

형과 둘이 살게 된 것은 가장 작은 변화에 속했다.

집에 오는 손님이 낯설었다. 그리고 그제야 알게 된 사실은 윤을 혼란스럽게 했다. 형의 외가는 따로 있었던 것이다. 형이 외할머니라 부르는 사람을 윤은 처음 보았다. 아버지가 형을 데리고 윤의 어머니와 재혼했기 때문이었다. 그러니까 형과 윤은 어머니가 달랐다. 부모가 돌아가신 뒤로 윤의 외가에선 아무도 윤을 보러 오지 않았다. 그리고 형의 외가 손님만 종종 드나들었다. 그들은 형한테만 친절했고 윤한텐 냉정했다. 믿을 사람은 형밖에 없는 것 같았다. 손님들이 오면 눈치를 보며 형 주위를 맴돌았다.

형이 결혼하면서 형수와 같이 살게 된 때가 열한 살.

형의 외가 손님은 더 이상 드나들지 않게 되었다. 하지만 형수 존재가 편하지 않았다. 이번엔 형수 눈치를 보게 되었다. 신혼에 열한 살 애가 끼었으니 거추장스러웠을 것이다. 폭력은 없었지만 따뜻한 말 한마디가 없었다. 밥도 주고 옷도 빨아주었지만 거의 말을 하지 않았다. 그래도 형한테 말하지 않았다. 왠지 그러면 안 될 것 같았다. 학교에서 돌아와 형이 퇴근할 때까지 형수와 둘이 있는 시간이 싫어서, 길거리에서 보내는 시간이 많았다. 형은 좋은 사람이었지만 윤의 방황을 알아채진 못했다. 조카가 태어난 뒤로는 더욱 소외감이 들었다. 거실에서 형과 형수, 조카가 함께 있으면 자리를 피했다. 아무도 윤을 찾지 않았다. 같이 살지만 없는 사람으로 살았다. 누가 그렇게 하라고 말한 사람도 없었지만 그런 윤을 나무라는 사람도 없었다. 혼자 있는 걸 좋아하는 줄 알았고 형은 윤의 내성적인 성격을 가끔 염려하는 말을 했다.

대학에 합격하고 나서 독립했다. 집을 나가겠다고 하니 부모님이 남긴 재산 분배를 해주었다. 작은 아파트와 함께 학비도 받았다. 경제적인 어려움은 없었다. 돈도 있고 직업도 있고 집도 있는데 같이 할 식구가 없다며 껄껄 웃었다.

"빨리 결혼해야 되겠네요."

성신이 그렇게 말했다. 웃음을 거두고 윤이 말했다.

"그래야 되는데 여자를 못 믿겠어요. 몇 명이나 사귀었는데 결혼엔 실패. 형씨는 여자를 믿어요?"

풀린 눈으로 성신을 보며 질문을 했다. 성신은 아무 말도 하지 않았다. 그냥 보기만 했다.

"형수는 말이 많은 여자였어요. 정말 하루 종일이라도 말할 수 있는 여자일 거예요. 조카한테도 형한테도. 말도 못 하는 조카한테는 끝없이 물으면서도 나한테는 아무것도 묻지 않고 아무 말도 하지 않았어요. 형이 퇴근하는 순간부터 그날 있었던 일을 전부 보고해요. 조카, 참 조카 이름이 은별이거든요. 은별이 했던 짓을 빠짐없이, 심지어 똥 색깔까지. 그런데 나한텐 안 그래요. 일부러 그랬을까요. 나를 볼 때랑 형을 볼 때랑 얼굴이 달라요. 그것도 일부러 그랬을까요. 일부러 그랬다면 나쁘잖아요. 무섭잖아요. 그런데 형은 왜 모를까요. 형수 얼굴이 달라지는 걸 정말 몰랐을까요. 여자는 다 그런 걸까요. 그러니까 형씨는 여자를 믿느냐구요. 이양, 아니 이미나 씨를 믿어요? 두 얼굴을 가졌으면 어떡하냐구요."

"나한텐 좋은 얼굴을 보여주니까요."

성신이 그렇게 대답했다. 그리고 덧붙였다.

"난 보이는 대로 믿습니다만, 윤형은 모두에게 같은 얼굴입니까? 우린 어차피 한 사람하고 결혼하는 거 아닙니까. 형수는 형하고 결혼한 여자지 윤형이 믿고 살아야 할 여자는 아니지 않습니까."

당신 기억이랑 내 기억이 같은지 궁금하네.

살아 있었으면 언젠가 추억 삼아 다시 꺼내어 보았을까.

헤어질 땐 웃으면서 헤어졌어.

윤은 나한테 악수를 청했지. 결혼 축하한다면서. 그 얼굴은 진심으로 보였어.

술집에서 나와 손을 잡고 밤거리를 한참 걸었지. 취기는 거의 없었지만 취한 척하고 싶었어. 사실 좀 긴장했거든. 뜬금없이 불러냈던 이유를 생각해야 했어. 당신이 물으면 어떻게 대답할까. 취기를 핑계 삼아 회피해 버릴까. 바른대로 말하기는 싫었거든. 하지만 어떻게 꾸며대도 궁색한 변명이 될 수밖에 없었어.

당신 참 대단한 사람이야.

아무것도 묻지 않더라고. 궁금한 게 없었을까. 그런 생각을 해봤지. 그래도 살면서 그 질문은 결국 하지 않았어. 아니 할 필요를 못 느꼈지. 의미가 없어졌다고나 할까. 당신은 늘 현재의 나를 보고 있는 느낌이었으니까.

밤바람이 참 좋다.

걸으면서 그 말만 몇 번 했지.

나도 참 좋았어. 그런데 난 밤바람보다 당신이 잡고 있는 손의 감촉이 더 좋았어. 그 손을 잡고 있으면 어디라도 갈 수 있을 것 같았지. 어디에서라도 살아갈 수 있을 것 같았어. 나 스스로 그 손을 놓을 일은 없을 거라고 생각했어.

지금은 그래.

놓을 일이 없을 거라니.

그런 생각 자체가 잘못된 거라고.

당신이 놓아버리더라도 내가 잡아야 했다고. 그래야 했다고.

미안해.

당신을 잡아 주지 못했어.

***

죽어서 만난다고?

그런 말 이젠 믿지 않게 되었어.

우리 이제 다시는 만날 수 없을 거야.

글쎄, 김성신과 이미나가 아닌 다른 사람으로 만날지는 모르겠지만.

아버님 돌아가실 때 깨달았어. 죽음은 끝이라고. 영혼이 없다느니 몸이 죽으면 모든 것이 끝이라는 의미는 아니야. 이번 생에서 맺었던 인연이 끝났다. 그런 뜻이지. 다시는 성신이란 남자를 볼 수 없게 되었다는 것. 이승에서의 당신 모습, 당신의 말, 당신 생각, 그리고 당신과 함께했던 감정, 당신 손의 감촉과 눈빛. 이 모든 것들은 두 번 다시 느낄 수 없는 시간 속으로 사라졌어. 물론 부지런하고 성실했던 당신의 아버님도 그렇게 영원 속에 묻혀버렸고.

　가까운 사람의 죽음을 받아들이기 힘든 이유가 바로 그 때문이라고 나는 생각해. 죽어서라도 만난다면 그렇게 힘들 필요가 없잖아? 언젠간 만날 수 있다면 말이야. 만날 수만 있다면 얼마든지 남은 생을 견딜 수 있지 않겠어? 기다리는 일이 힘겹긴 하겠지만 희망이 있으니 절망에 빠지진 않겠지. 그런데 알고 있었던 거야. 다시는 그 사람을 볼 수 없다는 걸. 바로 그 아들을, 바로 그 남편을, 바로 그 아내를, 바로 그 어머니와 아버지를. 그렇지 않다면 그다지 깊은 상실감을 어떻게 설명하겠어. 죽어서 만난다는 설정이라도 해두지 않으면 견딜 수 없었던 거지. 계속 살아가기 위해서 어쩔 수 없이 지어낸 거짓 믿음.

　아버님 부고를 받았을 때, 누군가 머리를 몽둥이로 치는 것 같았어. 그리고 당신의 죽음에서 빠져나왔어. 동굴에서 걸어 나온 느낌이었지. 슬픔에서 벗어났다는 뜻은 결코 아니야. 슬픔을 안고 세상을 비로소 바라보는 기분이었다고나 할까. 그날, 얼마나 많은 눈물을 흘렸는지 몰라. 아버님의 아픔이 내 가슴에 쏟아져 들어오는 느낌이었어. 건강했던 아버님이었잖아. 그런 일을 겪지 않았다면 정말 장수하셨을 테지. 규칙적인 생활이 몸에 밴, 담배도 모르고 과음과 거리가 멀었던 분이 완전히 변했지. 날마다 방에서 술만 드셨다고. 정말 죽어서 아들을 만날 수 있다면, 만나서 아들과 이야기를 할 수 있다고 믿었다면, 그렇게 살진 않았겠지? 그럴 필요가 없잖아. 여든이 넘었으니 죽을 날이 이미 가까이 와 있는 셈이잖아. 아들 만날 날만 기다리며 살아도 그리 길지 않은 세월. 아버님은 알았던 거지. 당신을 다시는 만날 수 없다는 걸. 성신이란 아들을, 억울한 누명을 쓴 줄도 모르고 그래서 아무 위로도 못 해주었던 아들을, 성실하고 자랑스러웠던 아들을, 다시는 당신이 부르는 아버지, 라는 소리를 들을 수 없다는 것을. 그래서 남은 세월은 의미가 없어진 거야. 그랬던 거라고.

알고는 있었어. 술로 사신다는 걸.

그래도 돌아가신다는 생각은 못했나 봐. 아니, 난 그걸 헤아릴 처지에 있지도 않았어. 생각이란 걸 하지도 않았던 거지. 당신이란 죽음의 동굴에 갇혀있었으니까. 정확히 말하면 나와 아이들밖에 안 보였어. 이랑은 말을 잃었고 사랑은 학교를 그만두겠다고 고집을 부렸어. 애들 문제로 당신 부재가 더 크게 느껴졌어. 어떻게 살았는지 사실 기억도 잘 안 나. 그냥 그 시간들은 어둡고 아픈 한 덩어리로 남아 있는 것 같아. 아버님 소식을 들었을 때야 시간이 쪼개지기 시작한 지도 모르겠어. 그리고 문득 그런 생각이 들더라고.

당신은 영원히 내 곁을 떠났다. 아버님처럼.

아버님이 세상을 떠났다는 말은 순식간에 받아들이더라고. 결코 가벼웠다는 뜻이 아니야. 몽둥이로 머리를 맞는 충격이었지. 너무 강력해서 바로 인정할 수밖에 없었어. 그리고 깨달았어. 떠난 자는 돌아오지 않는다. 다만 남은 자의 기억 속에 있을 뿐. 어때? 너무 거창한가? 당신이 곁에 있었으면 평가를 부탁했을 텐데. 나한테도 시인 기질이 있냐고.

아버님 장례식에서 많이 울었어.

죄송한 마음이 컸지.

그러면 뭐해?

깨달았으면 실천해야 되는데 말이지.

소중한 사람이 연이어 둘이나 곁을 떠났고, 난 분명 벼락을 맞듯 깨달음이 왔거든. '떠난 자는 다시 돌아오지 않는다. 기억에 있을 뿐.' 그랬으면 당장 행동으로 옮기면 되잖아. 하지 않아서 후회했던 행동을 적극적으로 하고, 해서 후회했던 행동을 하지 않으면서 말이야. 살아서 하는 모든 말과 행동만이 의미가 된다는 걸 잃은 뒤에야 알았지. 그렇게 아프게 얻은 것을 나는 또 너무 어이없이 잃게 될 것 같아.

어머님이 사라지셨어.

지금 당신이 태어나고 자란 집으로 가는 길이야.

당신과 가장 가까운 사람들이 있는 곳. 당신을 제일 아끼고 기억하는 분이 계신 곳. 당신의 숨결을 느낄 수 있는 곳. 그리고 아버님이 돌아가실 때 자주 오겠다고 결심한 집으로 말이야. 아버님 장례를 치르면서 맹세했던 마음은 도대체 언제 어디로 날아가 버렸을까. 나는 아버님처럼 당신을 영원히 잃었다는 걸 깨달았거든. 그리고 잃지 않은 것에 관한 생각이 많아졌어. 그래서 사라진 것보다 있는 것에 더 마음을 두기로 했단 말이지. 어머님과 당신 이야기를 많이 해야겠다. 당신 어릴 때 이야기를 들어야지.

아버님 장례 치르고 얼마 지나지 않아 당신 기일이었어. 제사를 지내면서 한 번 더 마음을 다잡았지. 당신한테 보고도 했어. 어머님께 자주 내려갈게, 라고. 그 기억까지 생생한데 난 무얼 했을까. 결심은 마음으로 끝나고, 행동은 전혀 없었다는 걸 어머님 소식을 듣고야 알아챘어. 날마다 미루면서 살았던 모양이야. 그런 하루가 쌓여서 흘러간 세월이 몇 년인가. 세월을 꼽아보고 얼마나 한심했는지 몰라.

어머님은 어디 가신 걸까.

도무지 상상도 할 수 없어. 벌써 사흘 밤이 지났어. 어디서 밤을 지냈을까. 아신 아가씨도 전혀 짐작할 수 없다니. 사라지고 나서야 부랴 부랴 달려가고 있는 내가 참 못났어. 사라지고 나서야 그 마음을 알아보려 애쓰는 내가 참 미련해. 그래도 더 이상 미련하지 않으려고 가고 있어. 가서 보면, 어머님 계시던 안방에서 어머님 쓰던 물건들을 보면, 텃밭을 보면, 마당을 둘러보면, 혹시 알아? 번개처럼 무슨 생각이 떠오를지.

당신 보낼 때처럼 앉아 있지 않으려고.

그 자리에 가 있으려고.

이미 늦었다 해도 상관없어.

난 지금 그곳에 있고 싶어.

마당 넓은 집

삼 남매가 대청마루에 모였다.

지난밤에 재신이 도착했고, 아신이 오전 수업을 마치고 막 오는 길이었다.

마침내 복동의 자식들이 한자리에 앉았다. 얼굴 보며 이야기하자고 한 지 사흘만이다. 만나면 뾰족한 수가 있을 줄 알았지만 아무런 해결책도 내놓지 못했다. 서로 안부를 묻고 걱정만 하다 밥을 먹었다. 점심때가 한참 지났고 아신은 아침도 거른 채였다. 오전 수업이 있을 땐 아침을 먹지 않는다. 배가 부를 때 격렬하게 춤을 추면 위도 불편하고 몸도 무거워서다. 수업 후에 아침 겸 점심을 거나하게 먹는데 오늘은 그럴 시간이 없었다. 수업이 끝나자 바로 고향 집으로 달려왔다. 셋이 얼굴을 맞대고 이야기하는 일이 시급했다. 각기 다른 곳에서 전화로만 연락을 주고받는 사이에 시간이 너무 흘렀다. 만나면 마치 무용 안무를 짜듯 해결책을 낼 것처럼 흥분해서 내달렸다. 도착해선 오랜만에 보는 늙은 얼굴에 조금 놀라기도 하며 안부를 묻는 일이 먼저였다. 그다음에야 도대체 복동이 어딜 갔을까, 서로 무지한 얼굴로 쳐다보았다. 그러고 나니 할 일이 없었다. 아니 할 수 있는 일은 이미 다 한 뒤였다. 전화할 만한 곳도, 더 이상 가볼 데도 남아 있지 않았기 때문이었다. 남아 있는 일이라면 경찰 연락이나 제보를 기다리는 것. 앉아서 기다리자니 한없이 무능하다 싶고 그렇다고 마냥 돌아다니자니 한심했다.

그래도 밥은 먹어야 했다.

둘러앉아 늦은 점심을 먹었다. 전기밥솥에 밥만 해서 김치를 꺼냈다. 복동이 담가 놓은 김치만 해도 다섯 가지나 되었다. 옛날 생각이 났는지 모두 아무 말 없이 먹기만 했다.

배가 부르자 상을 그대로 둔 채 물러앉았다.

셋은 서로 얼굴을 보며 갑자기 웃음을 터뜨렸다. 한참을 웃고 나서 왜 웃었는지 물었지만 아무도 이유를 대지 못했다. 그냥 웃음이 나오더란다. 배가 부르자 심각함이 사라진 모양이었다. 그건 복동의 삶의 철학이기도 하다. 우선 배가 불러야 걱정도 덜어지고 마음도 느긋해진다며, 먹는 일을 제일로 쳤다. 늘 온갖 김치가 떨어지지 않도록 해 두었고 끼마다 새 반찬을 보냈다. 삼 남매는 지금 복동 바람대로 얼굴에 화색이 돌았다. 걱정거리가 있어도 먹으면서 해결하라 했으니 말을 잘 들은 셈이다.

똘이가 마당을 뛰어다닌다.

"이놈! 무슨 일이 그리 바빠? 말이나 좀 해줄래?"

배가 부른 재신이 그제야 똘이를 아는 척한다.

"정신없다. 그만 좀 뛰어."

명신도 거든다.

"똘아, 밥은 먹었니? 참! 언니, 똘이 밥은?"

아신이 명신을 돌아보며 묻는다.

"아, 맞다. 깜빡했네. 거 참, 밥 챙겨주는 것도 일이다. 그런데 엄마는 사료를 주면 될 텐데. 아직도 진짜 밥을 주더라. 똘이 때문에 일부러 밥을 하기도 한다니까. 아무래도 사료를 사놓아야겠어. 급할 땐 사료 먹어야지 머."

셋은 물려 놓은 밥상을 바라본다.

그러다 동시에 서로를 쳐다본다.

"언니, 우리 먹을거리 좀 준비해야 되지 않아? 아무래도 내일은 대식구가 모이는데 말이야."

"어머, 나도 방금 그 생각했는데."

"오오, 그러니까, 도대체 식구가 몇이지?"

셋은 갑자기 바빠졌다. 복동을 찾고자 모였지만 복동을 찾진 못했다. 대신 복동이 하던 일을 찾은 듯하다. 아니 복동이 제일로 쳤던 일을 찾았다고 해야겠다. 다른 일로 머리를 맞대고 앉은 삼 남매. 복동이 해왔던 수고를 고민하고 있다. 하지만 그들이 그 사실을 깨닫고 있는 것 같진 않다. 그렇다 하더라도 복동이 기뻐할 일임엔 분명하다. 사람을 기꺼이 기다리고 기쁘게 먹을 것을 마련하고 반갑게 맞이하는 일. 그 중심엔 언제나 수고를 마다하지 않았던 음식이 있었다.

지금 삼 남매의 마음이 곧 복동의 마음이다.

손이 많이 가는 걸 그토록 싫어하던 명신도 없고, 가짓수를 줄여보려는 아신도 없고, 귀찮은 마음이 늘 앞섰던 재신도 없다. 뿐만 아니라 얼굴이 상기되어 있다. 누가 봐도 흐뭇한 낯빛이다. 맛있게 먹을 식구들 얼굴이 벌써 눈앞에 지나가고 있는지도 모를 일이다.

아무래도 똘이 밥은 더 늦어질 것 같다.

성신은,

재신 옆에 앉아 있다.

대청마루엔 사 남매가 둘러앉았다.

250

복동이 살아생전 그토록 그리던 풍경이다.

성신이 떠난 뒤엔 늘 누군가 빠졌다. 복동은 빠진 자리에 마음이 더 빼앗겼다. 성신을 대신할 자식은 없을지 몰라도 빈자리를 좁혀줄 자식은 셋이나 있었다. 그런데 셋마저 마음을 모으지 못했다. 복동의 빈자리는 걷잡을 수 없이 넓어졌다. 한없이 넓어진 그곳엔 아무런 감정도 감각도 없었다. 비도 눈도 없는 사막이 되어갔다. 복동은 그 사막을 홀로 걸었다. 모든 감각과 의식이 닳고 닳아 흩어질 때까지.

에필로그

복동은 절대로 이 집을 떠나지 못한다.

결심이 그렇게 선명한데도 알아채지 못하는 것이 도리어 이상하다.

복동의 눈빛에,

머릿속에,

가슴에,

심지어 목소리에도,

마음이 담겨있다.

'나는 아무 곳으로도 옮겨 가지 않는다.'

'이 몸은 이 집이 마지막이다.'

마당을 걸어 다니는 다리가,

호미를 잡은 손이,

밥을 주며 쳐다보는 눈이,

그렇게 말했다.

그날 아침,

똘이 밥그릇에 밥을 수북하게 담아 놓고 물도 갈아주었다.

고기와 멸치가 듬뿍 섞여 있는 푸짐한 밥이었다.

복동은 밥을 먹고 있는 똘이 곁에 한참 앉아 있다 밭으로 갔다.

밥을 먹던 똘이는 곧바로 복동을 쫓아갔다.

복동이 돌아보며 손짓을 했다.

밥 먹어라.

똘이는 제자리에 서서 꼬리를 흔들었다.

복동이 더는 말리지 않고 뒤돌아서서 밭으로 향했다.

똘이는 복동의 뒤꿈치에 매달리듯 뒤를 따랐다.

밭엔 가을 햇살이 눈부셨다.